女郎蜘蛛

怪盗 黒猫 3

和久田正明

時代小説

二見時代小説

JN075509

目次

女郎蜘蛛《ぐも》——怪盗 黒猫3

第一章　夜の蜘蛛《くも》

一

「ひい、ふう、みい……」

　夜の夜中に男が小判を数えていた。色黒の垢抜《あか》けない中年で名を九郎蔵《くろぞう》といい、鬼瓦《おにがわら》を思わせる面相《めんそう》の金貸しだ。

　家人《かじん》は一人もおらず、部屋数が幾つかあって、そこそこの仕舞屋《しもたや》だ。

　九郎蔵はやわらかな白布で小判を一枚一枚丁寧に磨《みが》き、それを金箱に納めてゆく。

　金箱には数十枚がきちんと並べてある。まるで偏執《へんしつ》な小判の収集家のようだ。

　コトッ。

　不意に、廊下の方から物音がした。

九郎蔵の手が止まった。耳を澄ましていたが、音はそれっきりだ。しかし九郎蔵の顔は強張《こわば》っていた。脛《すね》に疵《きず》持つ身ゆえ、ちょっとした物音にも敏感になるのだ。躰《からだ》の向きを変え、文机《ふづくえ》の引出しから匕首《あいくち》を取り出すと、立ち上がって部屋を出た。

暗黒の廊下に人影が立っていた。顔はわからない。

「誰でえ」

心胆《しんたん》寒からしめられた九郎蔵が、誰何《すいか》するも影は無言だ。

「てめえ、へえる家を間違えたんじゃねえのか。おれを誰だと思ってやがる」

虚勢を張った。

「間違えるものか、九郎蔵」

意外にも声は女だった。

遠い昔に聞き覚えがあった。

「……嘘だろう」

九郎蔵は怯《おび》えた様子になり、後ずさった。

影がすっと前へ出ると、外からの朧《おぼろ》な月明りに貌《かお》がくっきり見えた。背丈があり、玉子形の輪郭に美しく整った器量をしている。女の年は三十近くか。

「うわっ、おめえさんは」

九郎蔵が恐慌をきたし、元の部屋へ逃げ込んだ。すかさず女が追う。その手に母の形見《かたみ》の懐剣《かいけん》が抜き身で握られていた。

壁を背に、九郎蔵が追い詰められた。

女は怨みの目を剝《む》き、油断なく近づいて来る。

「探しましたぞ、九郎蔵」

「うえっ」

懐剣が突きつけられると、九郎蔵の震える手からポトリと匕首が落ちた。

「どうか、お赦《ゆる》しを」

蚊の鳴くような哀れっぽい声で、九郎蔵が言った。

「黙れ。赦すものか。ここへ辿り着くまで何年かかったと思うている。この外道《げどう》め。さあ、白状致せ、ほかの者どもは今どこに」

「知らねえ」

懐剣が走った。

九郎蔵の右頬が切り裂かれ、鮮血が噴き出した。

「人から奪い取った金でぬくぬくとよう生きてこられたな。この八年、どのような思いで暮らしていた」

「ああっ、ううっ」

九郎蔵は口籠《くちご》もる。

「答えい」

「悪い悪い、と思いながら……」

懸命に詫《わ》びる。

「口から出任《でまか》せであろう」

「この八年、お天道様《てんとさま》をまともに拝んじゃおりやせん」

「偽りを申すでない」

「信じて下せえ」

隙を狙っていた九郎蔵が、いきなり女に襲いかかった。懐剣をもぎ取り、強い力で女を組み伏せて馬乗りになる。

九郎蔵が吠える。

「どうかしてるぜ、おめえさんて女はよ。八年もの間怨みひと筋に生きてきたってのか」

「あうっ」

抗《あらが》う女を、九郎蔵は強い力で押さえつけ、

「とうに娘盛りを過ぎて勿体《もったい》ねえと思わねえか。てめえの一生ってものをでえじに考えなくちゃいけねえ。ろくに男も知るめえ。教えてやるよ、今この場でな。さあ、脚を開け、乳を晒《さら》しやがれ」

本性を剝き出しにする九郎蔵が、突如「ぐわっ」と呻《うめ》いて力を失い、女の躰の上から畳へ崩れ落ちた。

放られた懐剣に手を伸ばしてつかみ取った女が、下から九郎蔵の腹を刺したのだ。凄まじい勢いで血汐が流れ出る。

女は九郎蔵に顔を寄せて密着し、おどろおどろしい声で囁《ささや》く。

「今なら間に合う、医者を呼べば命は助かるやも知れぬ。ほかの者どもの居場所を申せ。申さぬか」

「があっ、ぎえっ」

悪足掻《わるあが》きしながら、九郎蔵が女の首に手を伸ばし、渾身《こんしん》の力でぐいぐいと喉頸《のどくび》を絞めつけてきた。

女が苦しい声を上げる。そうして無我夢中になり、懐剣で九郎蔵の胸を刺し貫いた。

断末魔の声が上がり、九郎蔵は絶命した。

女は骸《むくろ》から離れて立ち、暫《しば》し茫然と立ち尽くしていたが、仇敵《きゅうてき》の死を万感《ばんかん》籠もる思いで見届けておき、やがて着替えを始めた。

帯を解き、黒っぽい小袖、襦袢《じゅばん》、湯文字《ゆもじ》と脱ぎ捨て、全裸になる。全身は細くくびれ、しなやかな肢体をしている。やがて返り血を浴びた衣類を丸めて畳み、持参の風呂敷に詰め込み、代りの小袖に着替えた。

驚くべきことに、女の右腿の内側には鮮烈な女郎蜘蛛《じょろうぐも》の彫物《ほりもの》が色鮮やかに刻印《こくいん》されていた。

女の名は初糸《はついと》という。

二

深川黒江町《ふかがわくろえちょう》に、阿弥陀《あみだ》長屋という五軒店《ごけんだな》があった。

大家《おおや》はお夏《なつ》なる若い娘で、大家ゆえに快適に改築した一軒に住んでいる。他の四人はすべて男で、一人を例外にして三人はむさ苦しい。

例外のその男は直次郎《なおじろう》といい、端正な面立《おもだ》ちで眼光鋭く、血気盛んな若者だ。粋《いき》でいなせな遊び人を気取ってはいるが、どこか生硬《せいこう》さがつきまとう。

それもそのはずで、直次郎の正体は元武士なのだ。しかも浪人などではなく、信濃《しなの》国萩尾《はぎお》藩一万五千石の跡取りで、結城若狭守《ゆうきわかさのかみ》直次郎というれっきとした名を持った元若殿なのである。直次郎は剣才に恵まれ、直心影《じきしんかげ》流の奥義を極めていた。

直次郎が流れ流れの末に、こうして江戸町民になった経緯《いきさつ》はこうだ。

去年の春、直次郎の父山城守《やましろのかみ》吉弥《きちや》が病いを得て他界し、当然のことながら家督相続の運びとなった。

ところが直次郎は、二十三歳の若さで隠居したいと言いだしたのである。家臣らは大いに困惑し、「お考え直しを」と翻意《ほんい》を迫ったが、直次郎の決意は固かった。

それというのも、おなじ領内に萩尾藩の分家として青山《あおやま》家という親類がいて、結城家の家老職にあり、二千石を分知されて領内に館を建てて一門を成していた。

今の当主は彦馬《ひこま》二十歳で、これが直次郎の妹鶴姫《つるひめ》と恋仲だったのだ。文武共に優れ、気性のやさしい彦馬は直次郎とも盟友関係にあった。

そこで直次郎は彦馬に藩主の座を譲り、鶴姫と添い遂げさせようと考えたのだ。

否《いな》やを唱えていた家臣たちも、初めすんなりとはゆかなかったものの、やがてそういうことならばと承服した。彦馬の穏やかな気性は誰からも愛されていたのだ。

そうすることによって、直次郎は自由を手に入れようとした。元々堅苦しい武家の暮らしが性《しょう》に合わず、何事も型破りを好む直次郎だったから、常日頃より自由闊達《かったつ》に生きていた。城下では酒と喧嘩に明け暮れる暴れん坊の若殿だった。

しかしここに大きな障《さわ》りが生じた。

山城守吉弥の側室《そくしつ》で小陸《こりく》という女がいて、わが子又之助《またのすけ》を藩主の座に据えようと、奸計《かんけい》をめぐらせたのである。直次郎、鶴姫の兄妹を亡き者にしようと権謀術数《けんぼうじゅっすう》を謀《はか》ったのだ。

小陸は刺客《しかく》団を雇い、兄妹に魔の手を差し向けた。その攻防戦のさなか、鶴姫は兇刃に仆《たお》れた。直次郎は妹の仇討《あだうち》のため、小陸の屋敷に乗り込んだが刺客団に阻《はば》まれ、又之助を仕留めはしたものの、小陸には逃げられた。

地の果てまでも追ってやると直次郎は決意し、彦馬に因果を含め、萩尾藩を継《つ》ぐことを約束させ、その上で領内を飛び出した。街道で伏兵を次々に斬り伏せ、小陸を追いつづけた。

その頃、小陸は旅先で知り合った大身《たいしん》旗本の側室でお吟《ぎん》という女と親しくなり、気が合って道中を共にしていた。ところが二人の間にどんな諍《いさか》いがあったのかは不明だが、小陸はお吟に河原で焼き殺されてしまった。

生きる目標を失ったようになり、直次郎は途方に暮れた。だがお吟という悪婆《あくば》（悪女）に目が行き、持ち前の正義感が首をもたげてきた。

お吟のような女は、この先も人に悪さを仕掛けるに違いない。その悪行《あくぎょう》を止めさせようと考えたのだ。

直次郎は江戸に着到し、深川黒江町の阿弥陀長屋に住居を定めた。そこの大家がお夏だったのだ。

やがて直次郎はお吟の主《あるじ》である大御番頭《おおごばんがしら》　榊原主計頭《さかきばらかずえのかみ》の屋敷へ探索のために忍び込んだ。

すると期せずして、黒装束の女盗っ人と邸内で鉢合わせをした。それがお夏であることがわかって、直次郎は驚愕した。

お夏こそ、江戸市中を跋扈《ばっこ》せし盗賊黒猫《くろねこ》であったのだ。大家の姿は仮初《かりそ》めだった。お夏は盗んで得た金には手を付けず、すべて貧者に施《ほどこ》す、という当節稀《まれ》な義賊《ぎぞく》であった。義賊気取りで売名のうまい盗っ人はいても、お夏は正真正銘のそれなのである。

直次郎はお夏と肝胆相照《かんたんあいて》らす仲となり、手を組むことになった。この大江戸に二人の黒猫が誕生したのだ。

その後、直次郎とお夏の働きで、榊原主計頭の旧悪が暴かれるに及び、二人から天の制裁を受けた。お吟もやがて身を滅ぼした。

国を捨て、身分を捨て、江戸で生きる決意を固めた直次郎は、お夏と共に世の不条理に立ち向かう覚悟をつけたのだ。

直次郎を除く住人の三人は、政吉《まさきち》、岳全《がくぜん》、捨三《すてぞう》といい、これにお夏の兄の熊蔵《くまぞう》がしょっちゅう長屋に出入りしている。

熊蔵は町内でいかがわしい古道具屋を営んでいて、いかつい顔つきで髭《ひげ》が濃く、月代《さかやき》をむさ苦しく伸ばした見るからの悪相だ。だがよく見れば小さな目には愛嬌があり、いたずら坊主がそのまま大人になったような男だ。妻帯したことは一度もなく、生涯独り身を貫く覚悟だ。

政吉というのは馬面《うまづら》で、年がら年中一張羅《いっちょうら》の木綿《もめん》の粗衣《そい》をだらしなく着付けた四十半ばの、天狗政《てんぐまさ》なる異名を持った博奕打《ばくちう》ちだ。

岳全は丸坊主の所化《しょけ》である。所化とは弟子僧のことだが、彼はもう五十で、奉仕先の寺の和尚より年上なのだ。

捨三の生業《なりわい》は墓守《はかもり》で、男たちのなかではもっとも年を食っていて、五十半ばである。岳全と捨三は黒江町から歩いてすぐの、深川寺町《てらまち》にある増林寺《ぞうりんじ》に奉仕している。二人とも過去はともかく、今は独り身だ。

そうして全員が、直次郎とお夏の裏の顔を知っていた。おなじ長屋に住んでいて隠し通せるものではないから、男たちを見込んで二人が打ち明けたのだ。

探索や情報収集など、裏渡世《うらとせい》で動く時、二人は彼らの力を借りることにしていた。

三

岡部金之助《おかべきんのすけ》は南町奉行所の冴えない中年の臨時廻《りんじまわ》り同心で、深川界隈を担当していた。

臨時廻りというのは花の定《じょうまわ》廻り同心の補佐役で、岡部の場合は瑣末《さまつ》なことばかりの相談に乗り、事件に遭遇するとすぐに三十六計逃ぐるにしかず、となる。腰抜け侍であり、目当てはあくまで袖の下なのだ。

その日も岡部は阿弥陀長屋に立ち寄り、お夏の家に上がり込んで茶菓子を馳走《ちそう》になっていた。

「うまいなあ、この塩煎餅《しおせんべえ》は」

岡部がへちま顔の目を細めて言った。

「お気に召されましたか。沢山《たくさん》買いましたんでお裾《すそわ》分けしますよ。持って帰ってお子さん方に差し上げて下さいましな」

お夏は如才《じょさい》なく応対する。きちんと化粧を施し、小粋な小袖に身を包み、お夏は目鼻立ちの整った美形だ。勝気な気性がきりっとした顔つきに表れている。

「そりゃすまんな、では少しばかり貰おうかの。子供がわしの土産《みやげ》を首を長くして待っているんじゃよ」

岡部の所は、親や妻子を含めて七人の大所帯だ。

「お夏よ、今日はやけにひっそりとしておるではないか」

長屋の様子に耳を傾けながら岡部が言う。

「皆さん出払っているんですよ。岳全さんと捨三さんはお寺で、今いるのは政吉さんだけなんです」

「政吉の奴、顔も出さんではないか。役人が嫌いなのかな」

「ゆんべ賭場《とば》で大損して不貞寝《ふてね》をしているんです。放《ほ》っときましょう、触らぬ神に祟《たた》りなしですよ」

政吉は乱暴者だから、どんなつまらないことでもひとつこじらせると厄介《やっかい》になるのだ。

役人に向かって賭場の話は御法度《ごはっと》だが、岡部は何もかも承知していて、お夏の鼻《はな》薬《ぐすり》が効いているから咎《とが》められる心配はない。

「直次郎はどうした」

「髪結床《かみゆいどこ》です。もうじき帰って来ますよ」

「わしはあの男だけはわからんのだよ。生業《なりわい》は持っておらんようだし、といって博奕好きとも思えん。何をして実入りを得ている」

お夏は惚《とぼ》けて、

「さあ、あたしにもよくは……でも悪い人じゃありませんよ、大家のあたしが保証しますんで」

長屋の住人のことをあまり詮索《せんさく》されたくないので、お夏は話題を変えて、

「そちら様はどうですか、なんぞ町場で面白い話はござんせんか」

「日々泰平、何事も起きてはおらんな」

そう言いながら、ハッと何かを思い出し、

「おおっ、そうだ。おとついのことだが、霊巌島新堀《れいがんじましんぼり》の家に強盗が押入り、主の金貸しが殺されたそうな」

「金貸しですか」

「因業《いんごう》な稼業ゆえ怨みでも買っていたのか、それとも行きずりの強盗の仕業か。物騒《ぶっそう》

じゃのう」

「金は盗《と》られたんでしょうか」

「それが妙でな、大枚《たいまい》には手を付けておらなかったと聞いた。そうか、そうなると怨みということになるか」

岡部は袖の下と塩煎餅をお夏から貰うと、次の見廻りに行くと言って立ち去った。行く先々でまた袖の下を貰うから、組屋敷に帰宅する時には岡部の袖は結構な重さになるはずだ。

お夏が家を出て路地で瀬戸物を洗っていると、長屋に人が入って来る気配がした。何気なしに振り返ると、菅笠《すげがさ》を被《かぶ》って面体《めんてい》を隠した老人が立ってこっちを見ていた。くたびれた木綿の単《ひとえ》を着て、履物《はきもの》などもすり切れてうす汚い。

「はい、なんぞ?」

お夏が問うと、老人は張りのある声を上げて「おれぁ半兵衛《はんべえ》ってえもんだ」と言った。

お夏はきょとんとなり、

「どちらの半兵衛さんでござんしょうか」

「置神《おきがみ》だよ。置神の半兵衛だ」

その名を聞いたお夏がさっと色を変えた。

江戸の闇社界を生きる人間なら、知らぬ者はいない大物だ。置神の半兵衛は特に盗っ人の束《たば》ねをしていると言われている。

その親方がなぜこんな所へと、お夏は身の引き締まる思いがして、慌てて濡れた手を前垂れで拭いて立ち上がった。

「黒猫の姐《ねえ》さんだな」

さらにお夏に緊張が走った。

「えっ……あ、はい」

半兵衛には威厳があって、否定や誤魔化《ごまか》しができない雰囲気だ。

「ちょいと相談に乗って貰いてえ」

「相談ですか？　そう申されましても、あ、あのう、まだ駆け出し者でござんして、あたし、どうしたらいいのか……」

「半刻（一時間）経ったら、八幡《はちまん》様の大鳥居の前へ来てくんな」

深川の富ケ岡八幡宮《とみがおかはちまんぐう》へ来てくれと言う。

否やは言わせず、一方的に伝えると半兵衛はすばやく、確かな足取りで消え去った。

茫然と突っ立っていたお夏はわれに返り、着替えのために急いで家へ入ろうとした。

そこへ髷《まげ》をさっぱりとさせた直次郎が帰って来た。月代《さかやき》をきれいに剃り上げ、黒縮《ちり》緬《めん》の小袖に明るい色の襦袢《じゅばん》を覗かせている。江戸前の粋《いき》を気取っているつもりらしい。

直次郎はお夏の様子を訝《いぶか》って、

「よっ、なんだよ、何ポカンとしてるんだ」

「今そこで会わなかった？」

「誰に」

「笠を被ったお爺《じい》さん」

「いいや、会ってねえぜ」

「そんなはずは」

「その爺さんがどうしたんだ」

言っていいものかどうか、お夏は迷っている。

「あ、あのね、霊厳島新堀で金貸しが殺されたんだって」

違う話題を持ち出した。

「それがなんだってんだ」

「さあ、知らないわ」

お夏は上《うわ》の空だ。

「金貸しは因業《いんごう》な稼業だからって、殺されて当たりめえとは思わねえ。けどよ、おれたちが関わり合うことでもねえだろ」

「そ、そりゃそうよね、うん、そうだわ」

「あのな、おかしいぞ、今日のおめえ」

「あたし、ちょっと行って来る」

「どこへ」

「八幡様」

「つき合うか」

「いいの、一人で行く」

四

富ケ岡八幡宮は今日も人波で溢れていた。

茶店の方から女子供の笑い声が聞こえ、餅菓子屋の前では娘たちが列を作り、その娘たちを目当ての若い男らも群れている。

お夏が雑踏に突っ立ち、人の流れに目をやっていると、背後からポンと肩を叩かれた。ハッとなって振り返ると、笠を被ったままの置神の半兵衛がにこりともしないで立っていた。

「こっち来な」

半兵衛が言って先に立った。

お夏は怖れを感じながらも、その後にしたがう。

永代寺門前東仲町《えいたいじもんぜんひがしなかちょう》の鰻屋《うなぎや》へ入り、半兵衛はお夏とそこの二階小部屋で向き合った。

座るなり半兵衛は笠を取る。

眼光鋭い年寄の顔が現れた。年輪を感じさせる深い皺《しわ》が刻まれ、苦《にが》み走って鉤鼻《かぎばな》の、尋常ならざる顔つきをしている。

お夏はますます威圧された。

「突然すまなかったな」

半兵衛が嗄《しゃが》れた声で言う。

「あ、いえ、そ、そんなことは……」

自分でも何を言っているかわからない。

「相棒にはおれと会うことを言ったのか」

直次郎のことも知っている口ぶりだ。

「まだ言ってません」

「そうかい。仲がいいようだな、おめえたち二人は」

「あはっ、まあ」

お夏は曖昧に笑って誤魔化《ごまか》す。

女中二人が鰻の蒲焼のお重《じゅう》を運んで来た。

「さあ、食ってくれ」

そう言われてもすぐには食欲が湧かない。

半兵衛は構わずにもさもさと食べる。

「お元気なようですね、親方は。失礼ですけどお幾つですか」

「六十を出たところよ。今一緒に暮らしてる女は四十だ」

「ンまっ、驚きですね」

「みんなそう言うよ」

「けど……」

「けど、なんでえ」

「えっと、そのう」

「あっちの方はでえ丈夫かと言いてえのか」

「いえ、いえいえ、そんなことは」

生臭い話にお夏は慌てる。

「おめえがしんぺえするこっちゃねえだろ」

「も、勿論《もちろん》です、心配なんかしてません」

「いいから食いな」

「はい」

お夏は腹を決め、箸《はし》を取って食べだす。

「うめえだろ、ここのは」

「ええ、とっても」

本当にうまいとお夏は思った。

「神田川《かんだがわ》で獲れたやつを捌《さば》いてるんだぜ」

「そうなんですか」

「霊巌島新堀で金貸しが殺された」

急に話が変わってお夏は面食らう。しかしそれが本題のようだ。霊巌島新堀で金貸しが殺された話は、偶《たま》さか岡部金之助から聞いたばかりだからこれも生臭い。

「奴は九郎蔵といって度《ど》し難《がて》え悪党だった。おれも手を焼いていたのよ。盗んだ金で金貸しなんぞやって、人に金を貸しながらまた阿漕《あこぎ》に取り立てをしてやがった。殺されて当然の奴だったが、その昔はおれの手下だったこともある」

「このあたしにその下手人《げしゅにん》を探せと」

「そうじゃねえ」

「へっ？」

「奴の上に立ってる奴を探して貰いてえ」

「頭《かしら》がいるんですね」

「おうともよ。そいつを突きとめてえのさ。やってくれるか」

「待って下さい、どうして見ず知らずのあたしに。親方、わけを聞かせて下さいまし」

「そいつぁよ、言えねえのさ」

「どうしてですか。駆け出し者には違いありませんけど、あたしにだって意地があるんです。何も聞かされないで、ハイそうですかとはいきません」

　意地を見せてお夏は言う。

「黒猫の二人にゃ実《じつ》がある。おれぁそう見込んでいる。おめえたちゃ曲がったことはしてねえだろ。いつも正義を貫《つらぬ》いている。そうじゃねえかい」

「ええ、まあそれは」

何もかも知っているようだ。

「だからものを頼んでも信用していいと、おれぁ踏んだ。やってくれるか」

ぐいっと覗き込まれ、お夏は狼狽《ろうばい》した。なんと返事をしていいかわからない。

「どうなんでえ」

「わかりました」

「承知してくれるんだな」

お夏はこくっとうなずき、

「手掛かりを下さい」

「九郎蔵の頭《かしら》は百舌《もず》の龍之介《りゅうのすけ》っていう。知ってるか」

「聞いたことがあります。でも会ったことはありません」

百舌の龍之介は名にし負う兇賊《きょうぞく》だ。盗っ人歴からいったら黒猫の二人などは足許《あしもと》にも及ばない。しかも押し込み先でかならず人を殺傷するから、極悪非道《ごくあくひどう》で知られていた。会ったこともないのは本当の話だ。

「手掛かりとしちゃ、百舌は江戸のどっかで船宿をやっているらしい。それを隠《かく》れ蓑《みの》にしてるんだ」

「どの辺りでやってるのか、見当は」

「わからねえ。すまねえな。江戸の船宿の数は六百軒だと聞いたぜ。探すな並大抵じゃねえや」

「やってみます」

半兵衛はふところをまさぐり、袱紗《ふくさ》に包んだ百両を取り出す。

「礼金だ。確《しか》と頼むぜ」

「こんなに、困ります」

「いいからよ」

半兵衛に睨まれ、お夏は脅《おど》されるようにして百両に手を伸ばした。

「鰻、ご馳走様でした」

半兵衛は目を細めて、

「黒猫の姐さんよ」

「はい」

「おめえはいい娘だなあ、安心したぜ」

お夏が恥じらいの笑みを見せた。

五

その夜、阿弥陀長屋のお夏の家で、お夏、直次郎、熊蔵、政吉、岳全、捨三の六人が車座になっていた。

「てえへんな一件が舞い込んだもんだな、お夏よ。おれたちが百舌の龍之介の面《つら》を知ってるんならともかく、まるで雲をつかむような話じゃねえか。江戸に六百軒もある船宿をどうやって当たれってんだ」

「無理を承知で頼むわ。置神の親方に見込まれちまったんだから、やるっきゃないのよ」

お夏が半兵衛から貰った百両を取り出し、皆の前に置いた。

熊蔵、政吉、岳全、捨三がごくっと生唾《なまつば》を呑む。

直次郎だけは表情ひとつ変えない。

「半兵衛さんの顔を見ていたらとても断れなかったのね。きっと裏事情があるんだろうけど、そこまでは打ち明けてくれなかった。でも探ってるうちに何かわかるかも知れない。あたしとしちゃ、もう抜き差しならない気持ちなのよ」

「けどなあ、金は欲しいが六百軒となると気が遠くなるぜ」

捨三が言うと、岳全も訳知り顔で首肯《しゅこう》し、

「置神の親方から見れば、お夏さんは孫みたいなもんじゃろう。ゆえに与《くみ》し易《やす》しと思うたのではないかな」

政吉が異を唱えて、

「それじゃ何か、できねえって言うのか」

「い、いや、そうは言っておらんよ。愚僧は難儀であると」

おたついて言う岳全の頭を、政吉は押さえるようにして、

「こんなうめえ話を断る手はあるめえ。一人頭十五両とちょっとだ、おれ様としたら喉から手が出るほど欲しい金だぜ。少しばかり探してみて、見つかりやせんでしたと言えばいいじゃねえか」

「そんなの嫌《いや》よ、半兵衛さんを騙《だま》す気にはなれない」

お夏は純な気持ちで言い、

「直さんはどう？　手伝ってくれる」

「うむ……」

直次郎は唸って考え込む。

「あたしの頼みが聞けないの」

「ちょっくら考えさしてくれねえか」

お夏は煮え切らない直次郎に見切りをつけて、

「あら、そう。じゃもう頼まない」

直次郎が舌打ちして、

「待てと言ってるんだ、短気は損気だぞ、お夏よ」

お夏は耳を貸さず、

「この件は政吉さんと二人だけでやるわよ」

「よしな、お夏。この男はきっと金を持ち逃げするぞ。そういう奴なんだからよ」

反対する熊蔵に、政吉は怒って、

「おれがいつ金を持ち逃げしたってんだ。おめえこそなんでえ。いつもいつも偽もんのがらくたばかり売ってやがって。さんざっぱら人様を騙《だま》くらかしてんじゃねえか」

「なんだ、この野郎。もう一遍言ってみろ」

「ああ、何度でも言ってやらあ。おめえン所は騙《かた》りの店よ。火事があるとおめえはいつも焼け跡にいるよな。焼け焦げた鍋釜を拾ってきて、磨いて値段を吹っかけて売ってんじゃねえか。おめえの心根《こころね》は腐ってんのさ」

「野郎、上等だぜ」

熊蔵がつかみかかり、政吉が歯向かう。

こうした貧乏臭い争いはいつものことなのだ。

お夏が止めに入り、

「やめてよ、二人とも。兄さん、政吉さんの言ったことは本当なの？」

「おう、天狗政は嘘はつかねえぜ」

「お夏、おめえは兄貴のおれを信じてねえのか。こんなへたれの言うことに耳を貸すんじゃねえ」

「へたれとはなんでえ、へたれとは」

「へたれだからへたれと言ったんだ」

「許せねえ」

政吉が熊蔵に殴りかかり、岳全と捨三が懸命に仲裁する。捨三はとばっちりを食らって殴られて吹っ飛ぶ。

直次郎は台所から酒徳利を持って来て、どっかと座って茶碗酒を決め込み、

「お夏よ、しょうがねえもんを引き受けたよなあ」

「勝手に向こうが来たのよ、仕方ないわ」

「見込まれたんだな」

「そうよ、見込まれたのよ」

直次郎がぐびりと酒を干し、

「それじゃやるか」

「えっ、本当」

「おめえ一人でやれるこっちゃねえだろ。手伝うよ」

「その言葉を待ってたのよ、直さん」

お夏が目を輝かす。

直次郎がうなずき、四人を見廻し、

「明日からまずおれが当たってみらあ。それで駄目だったら手を貸してくんな」

六

深川仙台堀《せんだいぼり》の近くに、置神の半兵衛は小さな家を建てて住んでいた。

庭木が繁り、離れに小庵《しょうあん》があって、そこで何人かの男たちが暮らしている。半兵衛の警護役だ。

母屋にいるのは半兵衛とお滝《たき》である。

半兵衛がお夏に言ったように、お滝は四十で元女郎だ。吉原《よしわら》の三流の見世《みせ》に奉公していたものを、半兵衛が落籍《ひか》せて身請けした。ふた親に裏切られ、売り飛ばされたお滝の身上《みのうえ》を半兵衛が不憫《ふびん》に思ったのだ。

そうして一緒に暮らすうちに、二人は日に日に熱い思いが突き上げてきて、今では相思相愛の仲になった。共に年齢も過去も忘れ去り、離れられなくなったのである。

初夏の縁《えん》に出て、半兵衛とお滝は遅い晩酌をしていた。

「どうしていやがるかなあ、あの野郎」

半兵衛がぽつりと言った。

「行方不明になった伜《せがれ》さんのことですか」

お滝が言うと、半兵衛は黙ってうなずく。

「いい人でもできて、子もいて、どっかで暮らしているかも知れませんよ」

希《のぞ》みを捨てずにお滝は言う。

面長の美形で、しっかりした女だ。

「だったらどうして面《つら》を見せに来ねえ。おれの方は行方をくらましちゃいねえんだぜ。会いてえ気持ちがありゃいつだって来りゃいいんだ」

「それが叶わない事情でもあるんじゃありませんか」

「おれもそう思わあ」

それきりその話はやめにして、

「おめえの父親はどうした、見つかったか」

お滝が含んだ目でうなずき、酒を飲んで、

「三途《さんず》の川で船頭をしてましたよ」

「おお、そうかい。まだ仕事があるだけいいじゃねえか」

「人でなしに仕事なんていらないんですけどねえ」

二人は見交わして笑った。

「で、おっ母さんの方は」

半兵衛が尋ね、お滝が答える。

「堕《お》ちるだけ堕ちて、仕置場で骸《むくろ》を洗う仕事に就いてました。ざんばら髪で、なりふり構わない様子を見てぞっとしましたよ。あれは本当にあたしのおっ母さんなのかって」

「むごい話じゃねえか」

半兵衛はお滝の酌を受けながら、

「おめえを吉原に売っ飛ばした金で、二人は思う存分贅沢《ぜいたく》ができた。落ちぶれたって知ったこっちゃねえやな」

「へえ、ですんであたしも声も掛けませんでした。口を利《き》く気にもなれなかった。ふつうはあたしだけこんな幸せになっていいのかしらと思うところなんでしょうけど、今はざまあみろとしか」

「それでいいんだぜ、お滝よ」

「へえ」

「おめえは今は幸せなのか」

半兵衛はわかりきったことを言う。

するとお滝は殊勝《しゅしょう》げに目を伏せ、

「へえ、これ以上の幸せ者はいないと思っています」

「もっと幸せになりな。おれがいつ死んでもいいようにしとくからよ」

「嫌ですよ、そんな。死ぬなんて言葉は口にしないで下さいまし」

お滝に睨まれ、半兵衛は朗《ほが》らかに笑う。とても死ぬ人間には思えない。

「おまえさん、伜さんの話、もっと聞かせて下さいな。言いたくないのはわかってますけど、そこを曲げて」

「なぜおれが言いたくねえのかわかるか」

「いいえ、でもうすうすは」

「言ってみな、そのうすうすってのを」

「伜さんは生まれつきの乱暴者で、人様に迷惑ばかりかけてるんじゃないかと。以前にそう聞きましたけど」

「そんなこと言ったかな」

「言いましたよ」

「そうか、おれも焼きが廻ったな。憶えてねえがその通りなんだ」

半兵衛は苦笑いしながら、

「あいつは根っからの人でなしよ。おれだって伜のこと言えた義理じゃねえが、奴ほど悪くねえつもりだ。だから会って性根《しょうね》を叩き直してやりてえのが、本当のところなのさ」

「気になって仕方がないんですね」

「袂《たもと》を分かってもう十年以上ンなるが、なあに、三つ子の魂は変わっちゃいめえ。おれも近頃は寄る年波でな、やけに奴のことが思い出されてならねえ。伜だから無理もあるめえが、八方手を尽くして探している。だからって、おめえに頼むつもりはねえんだぜ」

「親の心子知らずってことなんですか」

「うむ、まあな」

「伜さんのこと、あたしも心掛けておきますね。だってこのあたしだけ幸せで、申し訳ないような気がするんです」

「いいのさ、おめえは。今までが悪過ぎたんだ。幸せだとしたらそいつを嚙みしめな」

「はい、おまえさんに甘えて」

「もっと甘えてくれていいんだぜ」

「うふっ、嬉しい」

お滝が半兵衛の手を握ってきた。

半兵衛はやんわり握り返して、

「こんなおれたちの姿を他人が見たら、若えもん同士がじゃれ合ってると思うかも知れねえなあ」

「あら、だって若いですもの、あたしたち。まだまだこれからですよ。そう思ってこの先もやってきましょうよ」

「違えねえ、嬉しいこと言ってくれるじゃねえか、お滝よ」

「あい」

七

浅草《あさくさ》の橋場《はしば》にある火事で焼け落ちた土蔵のなかで、二十人余の男の集団が雁首《がんくび》を揃えていた。

男たちは兇賊百舌の一味で、全員が黒ずくめに身を包み、長脇差を腰に差している。

上座にいるのは首魁《しゅかい》の『百舌龍』こと龍之介である。精悍な面構えで年は三十、背丈があってがっしりした躰つきをしている。

その横にいるのは番頭格の弥十郎《やじゅうろう》という男で、年嵩《としかさ》の四十代だ。元武士だけあって、これも岩のような体格の持ち主だ。

弥十郎が一同を見廻して下知《げぢ》する。

「今宵の押し込みはこれまでのとは少しばかり違う。つまり気の抜けるような相手でな、楽といえば楽かも知れねえ」

手下たちの間からざわめきが漏れる。

「行く先は押上村《おしあげむら》の、畑のど真ん中にある隠居所だ。主《あるじ》は助右衛門《すけえもん》という爺さんで、唸るほど金を持っている。用心棒を抱えちゃいるが、おれに言わせりゃ屁《へ》でもねえ。今宵の分け前はでけえぞ」

ざわめきがどよめきに変わる。

弥十郎に目でうながされると、百舌龍が立ち上がって凄味を効かせて睥睨《へいげい》し、

「弥十郎はこう言うが、腕っぷしが強《つえ》えからなんだ。押し込み先がどうであれ、油断は禁物だ。盗るもの盗ったらさっさと引き揚げるぞ。歯向かってきた奴に情けはいらねえ。その場で斬り捨てろ。いいな、それ、行くぞ」

手下たちが一斉に賛同の声を上げ、身支度をしてどやどやと土蔵の外へ向かった。

百舌龍は弥十郎としんがりを行きながら、

「おい、でえ丈夫なのか」

「今宵の押し込み先のことを言ってるんですかい」

「話がうま過ぎると思ってよ」

「心配にゃ及びやせん。額面通りに受け取って下せえやし。このあっしが何から何まで調べたんですから」

「用心棒ってな何人だ」

「二人でさ。よくよく吟味したら、どっちも見掛け倒しですぜ」

「家のもんは」

「使用人は女中が三人に、飯炊きの爺さんの四人でさ」

「金はどのくれえあるんだ」

「あっしの睨みじゃ、土蔵に千両がとこ眠ってるんじゃねえかと」

「たまらねえな、そいつぁ」

「さっさと片付けていい夢見やしょうよ」

「よし、わかった」

「今宵に限ってどうしてそんなこと聞くんですね」

「よくわからねえ、徒《いたずら》に胸が騒ぐんだ」

「思い過ごしでござんしょう」

「だといいがな。おれぁ気が小せえのさ」

「ご冗談を」


押上村は一面墨を流したような暗黒で、果てしなく広がる畑からは、静まり返って虫の声も聞こえない。

そんななかに瀟洒《しようしや》な隠居所はあり、築地塀《ついじべい》をめぐらせ、大きな母屋《おもや》と土蔵が見える。

百舌龍を先頭に、弥十郎と手下たちが足音を忍ばせ、隠居所へ近づいて行く。門前で弥十郎が差配し、二手に分かれて邸内へ入って行った。

邸内は寝静まって、寝息ひとつ聞こえず、森閑《しんかん》としている。

二手に分かれて侵入して来た一味が、あまりの静けさに不気味なものを感じて無言で見交わし合った。

弥十郎の指図で手下たちが各部屋に散らばる。だが夜具の支度はしてあっても、家人はもぬけの殻だ。

「妙じゃねえか……」

弥十郎が独りつぶやいたその時、隣室から用心棒の浪人二人がぬっと姿を現した。すでに抜き身の大刀を握っている。

弥十郎が長脇差を抜き放つや、ものも言わずに躍りかかった。白刃《しらは》が閃《ひらめ》き、暗闇のなかで烈しい闘いとなる。一合、二合と刃を闘わせるうちに浪人たちの絶叫が上がり、血汐が噴いた。

二人が壮烈に仆《たお》れ伏すと、また静けさが戻った。

血刀を手に立つ弥十郎の前に、百舌龍が別室から現れた。疑心に満ちた顔だ。

「押し込みがわかっていたようだな、弥十郎よ。妙だと思わねえか」

「あっしもそう思っていたところでさ、こいつはひょっとして」

「ひょっとして、なんでえ」

「罠《わな》かも知れやせん」

「罠だと？」

ガタッ。

廊下で物音だ。

二人が同時にそっちを見た。

雲を突くような大男の浪人が、殺気をみなぎらせて入室して来た。

百舌龍と弥十郎が身構える。

「なんだ、この野郎は」

弥十郎はかぶりを振って、

「わかりやせん。この家の者じゃねえことは確かですぜ」

そこへ手下の三人が駆けつけて来た。

とっさに大男の浪人が身を躍らせ、一瞬で三人を斬り伏せた。血煙のなかで三人は仆れ伏す。

「やい、何もんだ、てめえ」

百舌龍が大男に問うた。

大男は皮肉な笑みで顔を歪め、

「貴様らの好きにはさせん、斬り捨て御免を頼まれている」

「誰に頼まれたってんだ」

百舌龍が殺気立った。

その時、廊下の陰からお高祖頭巾《こそずきん》の女が顔を覗かせた。

「やっておしまい」

大男に命じた。

「心得た」

豪剣が唸った。

それより速く弥十郎が飛び込み、大男を袈裟《けさ》斬りにした。

「ぐわっ」

大男が叫んで佇立《ちょりつ》した。

さらに弥十郎が白刃《はくじん》を振るい、大男の脳天をかち割った。鮮血が飛び散って、大男は派手な物音を立てて仆れる。

百舌龍が鋭い目で廊下の方を見ると、女の姿は消えていた。

「くそっ、女を探せ」

遠くから見ていた手下たちが一斉に動いて女を探しまくった。だがどこにもいない。

「お頭、今宵はよくねえ、消えやしょうぜ」

弥十郎に言われるも、百舌龍は踏み迷うようにしている。

「女は消えたんでさ。ここにいたらきっとよくねえことに」

「けどおめえ、今の女はなぜ押し込みがわかってたんだ」

「知りやせんよ、あっしの手抜かりでした」

「解《げ》せねえ、得心がゆかねえぜ」

「いいから、お頭」

弥十郎が強引に百舌龍を引っ張った。残った手下たちもしたがう。

再び静寂が戻り、どこからか現れた女が頭巾のままで浪人たちの骸を見廻した。それは初糸であった。

初糸は無言のまま、暗い情念を滾《たぎ》らせて立ち尽くしている。

夜道を走る道すがら、百舌龍が不意に立ち止まった。

弥十郎と手下たちも歩を止める。

「どうしやした、お頭」

不安げに弥十郎が聞いた。

「おれぁあの女をどっかで見てるぜ」

「いってえどこで」

「そいつぁ思い出せねえが、昨日や今日じゃねえずっと昔だったような気がする。そういえば、おれはつきまとわれていたんだ。あの女は影ンなっておれを追いかけていた。そうよ、そうに違えねえ」

「名めえも事情も思い出せねえんですかい」

百舌龍は苦笑いで、

「さんざっぱら悪行を重ねてきて、泣かした女の名めえなんて憶えているかよ」

「まっ、そりゃそうですけど」

「よし、行くぞ。おれは気にしねえことにすらあ」

百舌龍は先を急ぎ、一味が追った。

八

翌日、阿弥陀長屋のお夏の家に、臨時廻り同心の岡部金之助が立ち寄っていた。

今日は米饅頭《こめまんじゆう》に渋茶のもてなしだ。

「これ、お夏、押上村で奇っ怪千万な事件が持ち上がったぞ。それをおまえに伝えようと思うてな、何はともあれ立ち寄った」

「へえ、それはどうも。今度はどんな？」

直次郎と長屋の全員で九郎蔵の頭《かしら》の船宿を探しているのだが、進展がなく、お夏は腐っていた。ゆえに岡部のどんな話でも耳に入れるつもりになっている。

「醤油《しようゆ》酢《す》問屋で財を成した助右衛門という男がおっての、その押上村の隠居所がゆんべ賊に襲われたんじゃ。ところが賊どもが来る前に、見知らぬお高祖頭巾の謎の女が現れて、助右衛門と家の者たちに襲撃を教え、土蔵に隠れていろと言ったという」

「どんな賊なんですか」

「女が助右衛門に言うには、賊は百舌一味であると。百舌一味と申せば今世間を騒がせている極悪どもだ。助右衛門たちは震え上がって、土蔵で息をひそめていたそうな」

「危害は加えられなかったんですね」

「誰も疵《きず》つけられず、無事であった。それだけが何よりじゃな」

岡部はそう言うと、

「静かになったので皆で土蔵から出てみたところ、用心棒の浪人二人と見知らぬこれも浪人だが、三人が斬られていたという話だ」

「金は盗られなかったんですか」

「土蔵にあった大金に手は付けられておらなんだ。なんとも奇っ怪千万とは思わんかな」

「浪人三人はそこで斬り合ったんですね」

「そうであろう」

「一味はどうなんですか」

「一味の姿は誰も見ておらんのだ」

「謎の女は何者なんでしょう」

「親切な女ではないか。その昔に助右衛門に恩義でも受けたのかも知れんぞ」

お夏は少し考え、

「そうじゃないかも知れませんね」

「ええっ」

「たとえばなんぞ裏の事情があるとか」

「どんな裏事情じゃ」

「そりゃわかりませんけど、妙な一件であることは確かですね」

「定廻りたちに狩り出されて、わしも手伝いをすることに。ああ、俄《にわか》に忙しくなって迷惑もいいところじゃよ」

岡部がぼやきながらあたふたと帰って行くと、外でそれまでの話を聞いていた直次郎がするりと家へ入って来た。

「おい、聞いたぜ、お夏」

「うん、そうだと思った」

「百舌一味が途中で押し込みをやめたなんて話は聞いたことがねえぜ。いってえなんなんだ、そのお高祖頭巾の女ってな」

「見当もつかないけど、どっかで何かがつながっているような気がしない？　直さん」

直次郎は手ずから二人分の茶を淹《い》れ、ふうっと湯気を吹いてそれを飲み、

「金貸しの九郎蔵が殺された一件とつながっているとしたら、おれぁくらくらと眩暈《めまい》がしそうだぜ」

　お夏も茶に手を伸ばし、

「こんがらがってきて、あたしも目が廻りそうな気がする。でも直さん、これはみんな置神の半兵衛さんが運んで来たのね、きっとそうよ」

　直次郎がうなずき、

「ああ、天網恢々疎《てんもうかいかいそ》にして漏《も》らさずってことかも知れねえ」

「難しいことはわかんないけど、乗り掛かった船なのよ。船の行く先を見定めないといけないわ、直さん」

「わかった、おれも少しずつやる気が出てきたぜ」

「あたしはすっかりその気よ」

「おめえは血の気が多いからな」

「おたがい様でしょ」

　二人が奮起した目で見交わし合った。

九

酒徳利を傾け、茶碗に酒を注いだ。

とくとくと酒を注ぐ音が、夜の静寂を破って響く。

そこは浅草聖天町《しょうでんちょう》にある木賃宿《きちんやど》の一室で、初糸は静かに酒を飲む。

煤《すす》けた壁に赤茶けた畳、文机と行燈《あんどん》だけの何もない部屋で、初糸は想念に耽《ふけ》っていた。

（やっとここまで、やっと……）

想いはそれだった。

ここまで辿り着くのに八年かかった。八年もの間、旅から旅のこんな生活をつづけているのだ。

江戸へ来て裏社界に手を廻し、苦心の末に九郎蔵を突きとめた。九郎蔵の口からは遂に何も聞き出せなかったが、別れた女房を見つけ出し、九郎蔵とつき合いのあった男たちをつかむことができた。

それは百舌一味の手下の一人だったが、敵はあっさり金に転んだ。ようやく龍之介に辿り着けた瞬間だった。

（これで仇討も終わる）

龍之介さえ討てば、ようやく本懐《ほんかい》を遂げられる。これより策を練らねばならない。ここへきて失敗《しくじ》りは許されない。

八年前、父の仇討旅に出た時、初糸はまだ二十歳を少々出たばかりだった。それが十年近くもつづくとは思いもしなかった。

まるで仇討のために生まれてきたようでもあり、その十年で女の盛りをほとんど費消したことになる。

国元の長門国《ながとのくに》を出て、萩《はぎ》を通り、岩見《いわみ》、出雲《いずも》、伯耆《ほうき》、但馬《たじま》、丹後《たんご》から若狭《わかさ》へ出た。宿場だけでなく、村々にも足を運んだ。そこで早くも二年の月日が過ぎた。年を越して近江《おうみ》、美濃《みの》、伊勢《いせ》、紀伊《きい》より高野山《こうやさん》へ立ち寄った。疲労のせいで、病いを得て動けなくなり、三月《みつき》もの間、宿坊で僧たちの世話になった。僧らは皆やさしく、仇討旅だとは打ち明けていないのに、事情を抱えた初糸を察し、何も聞かぬままに献身的だった。僧の一人に恋情を覚えたりもしたが、それは想いだけでかき消された。悲願を抱える身に、恋愛は不必要だと悟った。強い意志が欠けていると、われとわが身を戒《いまし》めた。

病いも癒え、さらに旅はつづいた。和泉《いずみ》、河内《かわち》、大和《やまと》を経て、伊賀《いが》を近江へ抜け、大津《おおつ》から三井寺《みいでら》、比叡山《ひえいざん》をめぐり、京都《きょうと》から丹波亀山《たんばかめやま》、摂津《せっつ》、播磨《はりま》から大坂《おおさか》へ出て、淀川船《よどがわ》に乗って伏見《ふしみ》に上がった。

そして美濃から木曽路《きそじ》を東へ下り、信濃国へ入った。飯田《いいだ》の城下から上諏訪《かみすわ》、下諏訪《しも》、和田峠《わだとうげ》を通り、善光寺《ぜんこうじ》を越後《えちご》へ出て新潟《にいがた》へ入る。さらに会津《あいづ》、仙台《せんだい》を経た後に恐山《おそれざん》へ入ったが、恐山のいたこに龍之介の行方を尋ねても何も語ってくれなかった。

そこから津軽《つがる》、出羽《でわ》、岩城《いわき》と訪ね尽くし、常陸《ひたち》に出て筑波山《つくばさん》から日光《にっこう》へ向かい、上総《かずさ》、安房《あわ》からようやく江戸に着到した。

江戸が目当てというのではなく、ひたすら龍之介を追ってここまで来たものだ。

龍之介という男もまた、旅から旅の荒《すさ》んだ暮らしをつづけていた。元より粗暴で行く先々で悶着《もんちゃく》を起こし、何人もの人を手に掛けては逃亡を繰り返し、兇悪なお尋ね者になっていた。

人伝《ひとづ》てに聞いては龍之介を追いつづけるなかで、誤報もあれば別人であることもひとつやふたつではなく、その度に初糸は振り廻され、無駄足も多く経験した。

それゆえに八年もかけた遠廻りの旅だったが、決着がいよいよつくと思うと感無量であった。

仇討本懐の後のことは、何も考えられなかった。お上《かみ》に裁かれるかも知れないし、おのれが龍之介に返り討ちにされることもあるのだ。

（すべては天の配剤《はいざい》、わたくしの運命もきっと決まっているに違いない）

おのれの定めがどうなるのか、天のみぞ知ることで今は考えたくもなかった。それより今やらねばならぬことは唯ひとつなのだ。

第二章　白無垢《しろむく》一味

一

薬種問屋河内屋《かわちや》は、日本橋本町《にほんばしほんちょう》三丁目の目抜きにあり、幅広く薬種を扱う大店《おおだな》である。

看板には『本家調合所河内屋　咳《せき》一通の妙薬二竜丹《にりゅうたん》　小児正生丸《せいしょうがん》　仙方一粒金《きん》生丹《しょうたん》　秘方金竜丸《きんりゆうがん》　金水丹《きんすいたん》　平産丸《へいさんがん》　淋病《りんびょう》之妙薬日本無類《にほんむるい》　一子相伝《いっしそうでん》』といったことが細々《こまごま》と書かれてある。

主《あるじ》は大坂の出で、一代で財を成した人だ。

河内屋の奉公人の数は百三十人で、朋輩《ほうばい》同士、全員が把握できないから、おなじ仕着せでようやく判別した。

下働きの女中お稲《いね》は十六で、奉公に上がって丁度一年目となり、ようやく江戸の暮らしにも馴れ、右も左もわかるようになった。

武州多摩郡小仏宿《ぶしゅうたまごおりこぼとけしゅく》が在所だから、江戸へは近い。実家にはふた親に兄弟姉妹が八人もいて、お稲は四番目だ。実家の家業は遠くに高尾山《たかおさん》を望む里で、商人宿を営んでいる。

お稲は何事にも興味深く、一を聞いて十を知る気性なのですべてに呑み込みが早く、その利発さが店では重宝《ちょうほう》されている。奉公人が百三十人もいれば男女の色恋沙汰や悶着なども多く、それらのほとんどをお稲は知悉《ちしつ》していた。器量はといえば、狸顔《たぬきがお》でお世辞にも美形とは言えず、目端《めはし》が利《き》いて目から鼻に抜けるから油断ができない。

それを見抜いた者は、お稲に用心するようになる。

お稲と親しい朋輩《ほうばい》にお光《みつ》という同年齢がいて、これは器量よしなのだが、近頃ちょっと様子がおかしい。

それに気づいたお稲がさり気なくお光を注視していると、どうやら男ができたらしい。それも河内屋の奉公人ではなく、部外者のようなのだ。

さらにお稲がお光に目を光らせていると、その相手というのが出入りの貸本屋であることがわかった。

貸本屋は清七《せいしち》といい、二十半ばの色男だ。

ある日、いつものように清七が昼下りに店の裏手へ来て、それに手代や女中たちが群がり、皆で取り合うようにして黄表紙《きびょうし》の選別が始まった。お稲は滝沢馬琴《たきざわばきん》の『椿説弓張月《ちんせつゆみはりづき》』を借りた。

すると清七とお光がさり気なく目配せしているのに気づき、これは何かあると思い、お稲はさらに二人を注視した。

やがて帰る段となり、清七が荷物を纏《まと》めて出て行き、少し経ってお光もその後を追ったのである。

(ちょっとこれはマズいんじゃない、うん、マズいわよ)

放っておけず、お稲はお光を追った。

日の暮れが近く、辺りはうす暗い。

裏庭は広く、土蔵が幾つも並び、目立たない所に炭小屋があった。

お光と清七は途中で落ち合い、寄り添いながら小屋のなかに姿を消した。

何をするのかと、お稲の心《しん》の臓《ぞう》は早鐘《はやがね》のように鳴った。他人の秘密を覗き見ることはこの上なく興味深いのだ。

「あぁっ……嫌っ……」

お光の淫靡《いんび》で秘密めかした声が聞こえてきた。

それが何かは、生娘《きむすめ》のお稲にもわかった。

(始まった。やはり二人はできていたのね。でもなんだってお店《たな》のなかでなんか。馬鹿だわ、我慢できないのかしら)

その場から動けなくなった。覗きたい衝動がお稲をやみくもに突き上げる。足音を忍ばせて小屋に近づき、戸の隙間から覗いた。

お光は積み上げられた炭俵の上に白い下腹部を剝き出しにして身を横たえ、尻をまくった清七が女体に重なっていた。清七は腰を烈しく動かし、荒々しく突き上げている。お光の片方の乳房がこぼれ出て、清七はそれに吸いついている。

人の媾《まぐわ》いを初めて見て、お稲は衝撃を受けた。喉《のど》がひりつき、声を漏らしそうになる。

お稲の肉体も尋常ではいられず、思わずおのれの股間に手を伸ばした。知らぬ間に指先を動かしていた。

恍惚《こうこつ》を感じていると不意に静かになった。

お稲も慌てて手を止める。

(終わったんだわ)

熱が醒《さ》めて白《しら》けた気分になり、お稲はその場から離れようとした。

その時、清七の声が聞こえた。

「なんとかしとくれよ、お光ちゃん」

「そんなことできるわけないでしょ、お店を裏切るなんてあたしには無理よ」

生来、お光は生真面目な気性なのだ。

「だったら、浮世の縁もこれっきりだぜ」

「なんで、なんでそうなるの。お店の絵図面なんてどこにあるか知らないのよ」

(絵図面ですって?)

それが只事《ただごと》でないことはすぐにわかった。

お稲の気持ちは一気に張り詰めた。

二

河内屋では二月《ふたつき》に一度、奉公人に暇《ひま》が出された。一日だけ、遊びに出掛けてよいのである。日頃の労に報いる意味での、主のご褒美《ほうび》だった。

それはもう慣例になっていて、お稲は大抵はお光と出掛けることにしていた。しかし清七とのことがあるから、お稲は気が進まなかった。といって、急にお光を避けるわけにもいかないので、その日も仕着せを脱いで着飾り、連れ立ってお店を出た。話し合って、二人して深川八幡《ふかがわはちまん》へ行くことになっていた。

本町から深川へ向かう道すがら、お稲はお光の様子をそっと窺《うかが》っていた。特に不審なこともないまま、途中で休んで昼を待てないから茶店で団子を食べた。その時もお光はいつもと変わらず、楽しそうだった。だが間違っても清七の話題は出ない。

お稲は騙《だま》されているような気分になり、清七のことに触れてみた。

「うちに来る貸本屋の清七さん、あんたどう思う」

お光は束の間どぎまぎするも、なんでもないように取り繕《つくろ》って、

「清七さん？　ああ、あの人ね。あたしはなんとも思ってないけど」

「そうかしら、あんた、随分と親しそうに見えたわ。あたしの見誤りかなあ」

「見誤りよ、変な勘繰《かんぐ》りしないで」

目が泳ぎ、明らかにお光は動揺していた。

「でも仕事は真面目《まじめ》だし、あたしはいい人だと思っているけど」

「ああいう人には別の顔があるかも知れないわよ。真面目に見える人ほど気をつけないといけないわ」

「そうなの？」

「そうよ、だから近づいちゃ駄目」

清七に近づけさせないようにしているのかと、お稲は思った。

「それよりお稲ちゃん、八幡様に着いたら別々にならない？」

お光が提案してきた。

「えっ、どうして？　あたし一人にされたらお店へ帰れなくなっちゃう」

「大丈夫よ、あんたならちゃんと帰れる」

「そんなこと言わないで、一緒にいてよ」

それはお稲の嘘だった。もう何度も深川へは来ているし、本町へ帰るのなんてへっちゃらなのだ。以前に暇を貰った日に、お光が風邪《かぜ》で寝込んでしまい、お稲は別の朋輩と深川へ行った。そんなことが二、三度あって、もう馴れっこになっていた。

賑やかで垢抜《あかぬ》けていて、お稲は深川が大好きだった。

ところが二人して八幡様へ来ると、雑踏に紛《まぎ》れてお光とはぐれてしまった。いくら探してもお光は見つからない。きっと清七とどこかで内緒で落ち合っているに違いない。自分は出しに使われたのだと思うと悔しかった。

一人で食べ物屋には怕《こわ》くて入れない。けれど腹も立つし、減ってもきた。やむなく茶店に入り、また団子を食べた。自棄食《やけ》いだ。

　そうしていると、変なおじさんが話しかけてきた。

「娘さん、よくねえ考えを起こしちゃいけねえぜ」

　おじさんはお夏の兄の熊蔵だ。

「な、なんですか、よくない考えって。妙なこと言わないで下さい」

　お稲が警戒の目になって突っぱねると、熊蔵はにやっと笑い、

「よくあるんだよ、若え娘っ子がな、男に捨てられて自棄くそンなるのは」

「馬鹿馬鹿しい」

「なんだあ」

「そんなんじゃありません、余計な世話を焼かないで下さいまし」

「しんぺえなんだよ」

「放っといてくれませんか」

　お稲が床几《しょうぎ》からサッと立ち、店の小女《こおんな》に団子代を払って逃げるように行きかけた。

　そこへ土地の破落戸《ごろつき》数人が寄って来た。

「よう、ねえちゃん、おれっちの酒につき合わねえか。悪いようにはしねえからよ」

　お稲が困って後ずさると、熊蔵が助け船を出した。

「やいやい、てめえら、おれの知り合いにちょっかい出すんじゃねえ。痛え目に遭うぞ」

「痛え目とはこういうことかよ」

破落戸の一人が熊蔵の顔面を殴った。

目から火が出て、熊蔵はぶっ飛んだ。

三

熊蔵が連れて来た小娘を、お夏は初め誤解してしまい、兄がてっきり手を付けたものと思い込み、家の外へ連れ出した。

「兄さん、なんであんな若い子を。家出娘を騙くらかしたんでしょ」

睨みつけて詰め寄った。

「馬鹿言うんじゃねえよ、家出娘なもんか。あの子は日本橋本町の薬種問屋河内屋のれっきとした奉公人なんだ。朋輩と深川見物に来て、はぐれちまって難儀をしていただけよ」

「その目の下の痣《あざ》はなんなの」

「あの子が破落戸にからまれてるのをおれ様が救ってやってよ、おれが十発殴るうちに敵の一発がへえっちまったってえ寸法よ。名誉の負傷だぜ」

熊蔵の話には嘘が多いから、お夏は半分引いて聞き、

「それならいいけど、あの娘は格別困った事情を抱えているわけじゃないのね」

「そいつぁ聞いてねえぜ。腹減ってるってえからなんか食わしてやろうと思ったら、生憎《あいにく》おいら手許不如意《てもとふにょい》でよ、仕方なくここへ連れて来たんだ」

「わかった、手許不如意はいつものことね。じゃ後はあたしが安心、安全のために引き取るわ」

熊蔵を帰し、お夏は家へ戻ると台所で手際よく昼飯の支度にかかった。お夏が食べた残りで、昨夜煮つけたきんぴら牛蒡《ごぼう》と沢庵《たくあん》、それに冷や飯を盛った。お稲は「おいしい、おいしい」を連発してよく食べた。あまり物怖《ものお》じせぬ子のようだ。

一段落し、二人で向き合って茶を飲む。

「奉公はどう？　無事にお務めできてる」

お夏に問われ、お稲が答える。

「女中奉公ですから掃除や洗濯だけでいいのかと思っていましたら、薬の名前なんぞをちゃんと覚えて、男衆《おとこし》の役に立てば給金も上がるそうなんです。それであたし、

張り切ってるんですよ。妹や弟にいい顔をしたいんで」

屈託《くったく》なく話すお稲を、お夏は微笑《ほほえ》んで頼もしく見やり、

「それはいいことだわ、頑張りなさいな」

「有難うございます」

「いい人はいるの」

「えっ、いい人ですか、それはまだ……とてもお光ちゃんのようなわけには」

「お光ちゃんというのは？」

「朋輩です。一番の仲良しなんです」

「その人にはいい人がいるのね」

「貸本屋の清七さんです」

「そう」

それから取り留めのない話を聞いてやり、尽きないのでお夏がやんわりと打ち切り、

「また深川へ来たら寄って頂戴」

「はい、江戸に知り合いがいないものですから大助かりです。あたし、深川が好きなんですよ」

「今度はもっと早く来て。いろいろ案内して上げる」

お稲は礼を言って身支度を整え、帰りがけて戸口でお夏に振り返ると、

「あのう、ひとつ聞いてもいいですか」

「なあに」

「絵図面てなんのことですか」

「見取図のことでしょ、それがどうしたの」

「変ですよね、貸本屋さんがそんなもの欲しがるなんて」

「えっ……」

お稲が帰って行った後も、お夏は考えに耽《ふけ》っていた。絵図面を欲しがる貸本屋の件が気になってならない。妙に胸がざわついた。

そこへ直次郎が帰って来た。

「おめえ、近頃浮かねえ顔してることが多いよな。今日はどうしたい、何かあったのか」

「ううん、別に何も。それよりそっちはどうなの」

「六百軒のなかの一軒の怪しい船宿なんて、見つかりっこねえぜ。おれぁもう諦めたよ」

「あたしもそう思ったけど、やっぱり駄目かあ」

「まだわからねえよ、岳全さんや捨三さんが存外上首尾《じょうしゅび》を持ってくるかも知れねえだろ」

「正直言って期待できないわ、あのお二人さんには。だってあたしたちと違って堅気《かたぎ》さんだから」

苦笑混じりにお夏は言う。

「それも滅法《めっぽう》お人好しのな」

「うん」

直次郎は顎《あご》に手をやり、考える仕草で、

「どうなんだ、お夏、百舌の一味がそう易々《やすやす》と尻尾《しっぽ》をつかませるとは思えねえよな。それなら餅《もち》は餅屋といくか」

パチンと指を鳴らして直次郎が言った。

お夏は得たりとなってうなずき、

「わかった、置神の半兵衛さんに聞きに行くのね」

「百舌一味のことでなんぞ漏れているかも知れねえ。そこをよ、しつこく聞いてみてえのさ」

四

初糸は江戸へ来てからというもの、木賃宿《きちんやど》を転々としていた。

木賃宿というものは、ほとんどの泊まり客は下層の民で、いい宿があろうはずもない。

客層は大道芸人や蝦蟇《がま》の油売り、猿廻《さるまわ》しなどで、さらには江戸へ商いに出て来た諸国の小商人《こあきんど》や、なかには事情があって逃げているような輩《やから》もいる。

そういった手合いが多いだけに、宿は土地の岡っ引きらと通じ合っていて、泊まり客の詮議に決して甘くはない。

そこへいくと初糸は、どこの宿でも江戸への遊山《ゆさん》旅で通していて、怪しまれることはなかった。宿の方でも武家者に対する遠慮があるし、詮索は控えているようだ。

国元を出る時、親類縁者が路銀《ろぎん》として大金を持たせてくれたが、徐々に目減りし、八年経つうちには底を突いた。

そこで数年前から手習いを教えるようになり、臨時雇いとして活計《たつき》の道を切り拓《ひら》いた。

女の仕事が容易に得難い世の中ゆえ、学のある身が助けになった。一つ所に長くいるつもりはなく、半年といないから、二月《ふた》、三月《み》の短期である。

仇《かたき》である百舌の龍之介に辿り着きはしたものの、隠れ家は突きとめておらず、出没しそうな場所を探し求めながら、初糸はこうして移動を繰り返しているのだ。

今の宿は鎌倉河岸《かまくらがし》で、町内にある寺子屋に雇われていた。営んでいるのは浪人暮しの長い織部左門《おりべさもん》という男で、妻子のいない三十半ばである。

その織部から初めて飯に誘われ、断っては角《かど》が立つと思い、ある晩、不本意ながら出掛けて行った。


織部の行きつけらしい小料理屋へ赴《おもむ》き、二階の小座敷へ行くと、織部は先に来ていて、酔って赤い顔をしていた。

何か企《たくら》みでもあって、酒の勢いでも借りるつもりなのか、初糸はひそかに用心を怠らないようにした。

「いやいや、初糸殿、わざわざのお出まし、恐縮に存ずる」

酔いで躰《からだ》を揺らせながら、織部は芝居がかった仕草で深々と頭を下げる。痩せて不精《ぶしょう》髭《ひげ》を生やし、骨張った貧相な顔つきだ。

「とんでもございません、お礼を申さねばならないのはわたくしの方でございますのに」

「ご出身は長門国でござったな」

いきなり聞いてきた。

「はい、左様で」

女中が酒料理を運んで来て、織部は初糸に「さあ、まずは一献《いっこん》」と言って酌をすると、

「国元で何かござったか」

話をつづけた。

「いいえ、何も」

どこでも聞かれることなので、いつも通りに惚《とぼ》けてみせる。

「では何ゆえ江戸に参られたか。面談の時は詳しい話を聞きそびれていたので、お尋ねしている」

初糸は酒を口にして、

「ごもっともでございます。されど深いわけなどあろう道理が。追手《おって》がかかっているような身でもありませぬし」

「あはは、追手がかかっていたら大変だ」

「ええ、落ち着いて手習いなどやっていられませんわ」

「しかし初糸殿、そこ元は謎に包まれておるではござらんか」

「どのような謎でございますか」

初糸が眉根《まゆね》をやや曇らせて問うた。

「まずはその身ごなしですよ。一分《ぶ》の隙もない。武芸は身に付けておられるのですかな」

初糸がうなずき、

「少々でございますが」

「その少々が怖い。付け入ること叶わず、それがしはいつも足踏みです。そんな初糸殿がなぜこの江戸でさまようているのか、謎ではござらんか」

「仰せの意味がわかりかねますが」

初糸は微《かす》かに眩暈《めまい》を覚え、変だなと思う。

「おわかりになりませんかな」

初糸の様子を探るように見ながら、織部は言う。

「はい、わかるようにご説明のほどを」

すると織部がいきなり乱暴に箱膳を押しのけて膝行《しっこう》し、初糸の手を取ってきた。

「聞いて下され。それがし、そこ元にぞっこんなのでござるよ。ひと目惚《ぼ》れなのですな」

「おやめ下さい、わたくしの方にそんなつもりは」

「つれないことを申すものではないぞ。そこ元とて独り身、魚心《うおごころ》に水心《みずごころ》ではござらんか」

織部は強い力で初糸を押し倒し、身を重ねてきた。片手で初糸の着物の裾《すそ》を割り、裾のなかへすばやく手を差し入れる。

烈しく抗《あらが》い、初糸は渾身《こんしん》の力を振り絞って織部を突き飛ばした。

織部は柱に背をぶつけて崩れるも、すぐに態勢を整えて突進して来た。その頬を初糸が強《したた》かに打った。

「言うことを聞かぬのなら後悔するぞ。わしの女になれ」

めげずに尚も、織部が挑んで来る。

「酒に薬を混ぜましたね。店と結託《けったく》しているのですか。こんなことをして恥ずかしくはございませぬのか」

「そこ元を手に入れるためなら、なりふりなど構っていられるか。もうすぐ眠くなって正体をなくすはずだ。そうしたら眠り込んだそこ元を手込めにしてやる。わしと理《わり》無《な》い仲になろうではないか、初糸殿」

初糸がサッと片手を突き立て、織部の欲望に待ったをかけた。そうして片膝を立て、着物を奥までまくり上げ、大腿《ふともも》に刻まれた女郎蜘蛛の彫物《ほりもの》を露出したのだ。

「あっ、それは……」

織部は驚天動地《きょうてんどうち》の表情になる。

「おまえ様にいくら岡惚《おかぼ》れされても、それに応えられないのです。わたくしはこういう女なのですよ。金輪際《こんりんざい》お忘れ下さいまし」

手早く身繕《みづくろ》いをし、絶句したままの織部を残して初糸は消え去った。

もう鎌倉河岸から出て行かねば、と思っていた。

五

その夜遅く、直次郎とお夏は仙台堀にある置神の半兵衛の家を訪ねた。

お滝が応対に出て、お夏が名を告げると、お滝は二人の正体をすぐに察した様子で、含みのある目で会釈し、奥に通された。

江戸の暗黒社界の一端を担う大物の家にしては質素だが、よく見れば木材や家具調度類は上等で、燻銀《いぶしぎん》の光沢を放っていた。

さして待たされることなく半兵衛が入って来るや、床の間を背にして二人に対座した。

お夏がまずは直次郎を引き合わせる。

「知ってるよ。おめえさんの晴れ姿が夜空にくっきり浮かぶのを、眩《まぶ》しい思いで拝ませて貰ったことがあらあ」

半兵衛が直次郎に目を細めて言った。

「そいつぁどうも、恐縮でやんす」

どこで半兵衛に見られていたのか、直次郎には見当もつかない。

「早速ですが、親方」

お夏が口火を切って、

「親方の仰せの通りに百舌一味を追っていますが、近づいたと思ったら離れて、もどかしい思いをしております。そこでお聞きしたいんですが、百舌龍の面を拝んだことは？」

「いや、一度もねえ。一味は極悪非道で鳴らしている。江戸の盗っ人仲間の面汚《つらよご》しなんだよ」

「恐らく金貸しを隠れ蓑にして、手下の九郎蔵も悪行を働いていたものと」

「誰が殺《や》ったと思うね、九郎蔵を」

「いいえ、それは」

お夏がかぶりを振る。

「おめえはどう思う」

半兵衛が直次郎を見て言った。

「仲間割れじゃねえことは確かですね。聞いて廻ったところによると、九郎蔵は惨《ひど》い殺され方だったそうで。たぶん一味を怨《うら》む何者かの仕業《しわざ》では」

直次郎が答える。

「怨みと言われちまったら皆目見当《かいもく》もつかねえな。多かれ少なかれ、おれたちゃ人の怨みの上にあぐらをかいてるようなものなんだ」

お夏がキリッと半兵衛を見て、

「あたしたちは違いますよ、置神の親方。非道をしたことは一度もありませんので」

「ああ、わかってるよ。おめえたちだけは違うんだ。清く正しい盗っ人だものな」

皮肉を浴びせておき、

「けどどこが違うんだ。人のものを盗るのにきれえも汚ねえもあるめえ」

「人は泣かせていないつもりです」

お夏は引き下がらない。

「わかるものかよ。おめえたちだけでよかれと思ってたって、そうじゃねえことだってあるんだぜ」

直次郎が真顔になって、

「どっかに棘《とげ》があるようですけど、親方、なんぞ含むところでも。有体《ありてい》に言って下せえ」

半兵衛は煙草盆《たばこぼん》を引き寄せて煙管《きせる》に葉を詰め、火をつけて苦々《にがにが》しく紫煙《しえん》を吐き出しながら、

「それじゃあよ、おめえたちにとって耳の痛えことを聞かせてやらあ」

二人が聞き入る。

「先月の中頃、二人して伝通院《でんづういん》近くの大身《たいしん》旗本の屋敷に忍び込んだろ」

直次郎とお夏が見交わして、

「作事奉行浜名又右衛門《はまなまたえもん》の屋敷でがすね。確かにあっしら二人で押し入りました。浜名は大工頭たちからピンはねして、悪銭を稼いでいたんです。そこから三百両ぶん盗《ど》

ってやりやした」

直次郎が言えば、お夏が次いで、

「賄賂《わいろ》を払えない大工頭の一人は仕事から外され、それを苦にして自害したんです。あたしがその件を嗅ぎつけてきて、浜名から大金を奪って痛い目に遭わせてやることに」

「徒《あだ》になったのさ、そのことが」

半兵衛の言葉に、直次郎が目を尖《とが》らせ、

「その後に何か起こったんですかい」

「金を盗まれた責任を取らされて、浜名家の用人《ようにん》が腹切りもんとなった。余計なことだけど、その用人は若え後添《のちぞ》えを貰ったばかりで有頂天《うちようてん》だったのさ。気の毒だと思わねえか」

二人にたちまち暗い翳《かげ》が差す。

「後は野となれ山となれかも知れねえが、おめえたちが走り過ぎた後で、そういうこともあったんだぜ」

何も言えなくなり、二人は黙り込む。

「おめえたちをそのことで責めるつもりはこれっぽっちもねえよ。三百両が貧乏人どもにばら撒かれて、どれだけの人が助かったか、そっちの方もでえじだからな。おめえたちは確かに人助けをしているが、一方じゃ陰で泣いている人もいるってことなんだ」

お夏は青い顔になり、

「親方、すみません。今宵はこれで」

「おう、けえるかい。引きつづき百舌龍の行方を追ってくんな」

「はい」

お夏にうながされ、直次郎も白い顔で席を立ち、黙礼して二人は出て行った。

半兵衛一人になると、お滝が入って来た。

「今の話、本当なんですか」

「本当だよ」

「ちょっと酷《こく》ですね、あのお二人さんには」

「善行を施しているつもりで、ちょいとばかりいい気になってるとしたらよくねえと思ってな、灸《きゅう》を据《す》えてやったのさ」

「怨まれても知りませんよ」

「いいや、怨みゃしねえよ、奴らは。そんな浅はかな連中じゃねえ。だからおれぁ告げたんだ」

「告げた？　何をですか」

「いい気になるなってことよ。二人がどれだけまっとうかってことは、おれの方で調べてわかってるんだ」

半兵衛が言い切った。


帰り路、二人は屋台の明樽《あきだる》に並んで座り、やむにやまれぬ気持ちで悔やみ酒を飲んでいた。

屋台の親父は気を利かせて、河岸で煙草《たばこ》を吸っている。

「参ったなあ、お夏よ。こんな無残な思いをしたことは初めてだぜ」

「うん、あたしも右におなじよ。だけど仕方ないわ。過ぎたことだし、もう悔やむのはやめにしない、直さん」

「それで気持ちは割り切れるのか」

「亡くなった御用人さんには悪いけど、この先にもこういうことはあるわよ。なるべくそういうことにならないように気配りするつもりだけど」

「半兵衛さんはなんでおれたちにあんな話をしたんだ。黙ってりゃ済むこっちゃねえか」

「目を掛けてくれてるのよ、あたしはそう受け取ったわ」

「そうかなあ」

「そうよ」

「まっ、おめえがそう言うんなら、そういうことにするか」

「うん、そうして」

「けどよ」

「なに」

「半兵衛親方だよ。なかなかてえしたお人じゃねえか。威張るわけでもなし、上からものを言う人でもねえ。ありゃ徳を積んでるな、きっと」

「そうね、頼れる人とは思っている」

「子供はいねえのか」

「さあ、そういうことはまるっきり知らないのよ。いたとしたら三十ぐらいかしらねえ」

「あのおかみさんて人も悪い人じゃねえみてえだ」

「苦労人て感じよね」

「おめえにもああなって欲しいぜ」

直次郎がつぶやくように言い、お夏はそれを聞いて慌てる。

「そ、それってどういう意味よ。あたしがあのおかみさんとおなじ年になるまで盗っ人をつづけるっての？　あんたはどうするつもりなの」

「おれはおれでよ、半兵衛さんみてえになりてえのさ」

「あのご夫婦とあたしたちはおなじってことなのかしら」

「まあな」

「それじゃ、直さんとあたしはずっと一緒だってこと？」

「先のことはわからねえがな、おれぁ今の暮らしを気に入ってるんだ」

「若殿なのに？」

「そのことはもう忘れたぜ」

「だっていつかはお城へ帰るんでしょ」

お夏は真剣に聞いている。

「帰ったっておれの居場所はあるめえ。これでいいと思ってるんだ」

お夏は嬉しい気分になってきて、急にそわそわして、

「あのね、直さん」

「なんでぇ」

「あたし、明日ご馳走作る。ちらし鮨《ずし》作って祝おうよ」

「何を祝うんだよ」

「あたしたちの将来に決まってるじゃない」

直次郎はピンとこない顔で、

「まっ、そういうことならいいよ。ご馳走が食えりゃおれぁ何がどうあれ、反対はしねえんだ」

お夏は真心が伝わらないもどかしさに苛立《いらだ》って、

「何よそれ、あんたは女心がまるでわかってないのね」

「ほざくなよ、わかってるって」

「ううん、わかってない。だからいつまで経っても駄目なの」

「なんの話かわからねえが、お夏よ、話し合おうじゃねえか」

「そんな必要はない、あんたはそういう人なのよ。唐変木《とうへんぼく》なのよ。でもそれでいいわ、仕方ないと思ってる」

「あのな、おれにゃさっぱりなんだけど」

「いいのよ、さっ、帰りましょう」

急にやさしくなったと思ったら、急につんけんとなって、直次郎にとってお夏はいつも通りに面倒臭い女なのである。

六

いいことが終わると、清七は夜具に腹這いになって煙草を始めた。

お光は束の間ながら、満たされた幸せな気分になり、清七にそっと抱きついた。

昼下りの出合茶屋の一室で、静かである。

出合茶屋とは、男女が密会して秘め事を行う場所のことをいう。

「ねっ、清七さん、あたしたちこの先どうなるの」

「どうもなりはしないさ、今が幸せならいいじゃないか。それともこのわたしになんぞ言いたいことでもあるのかい」

「だって一緒になるって話はどうなったの。近頃清七さん言わなくなったから」

「もう少しの辛抱だ、約束はきっと守るよ。けど先立つものがないうちは何もできないだろう。一緒になったはいいけど、とたんに貧乏暮らしじゃお手上げだ」

「うん、それはそうだけど……」

「持ってきてくれたかい、例のもの」

清七が目の奥を光らせて言った。

お光は脱いだ着物を手繰《たぐ》り寄せ、袂《たもと》にしまい込んだ紙包みを取り出して清七に手渡す。

清七がすばやくそれに見入り、喜色《きしょく》を浮かべた。

河内屋の絵図面だ。

「よくやってくれたね、お光」

「苦労したわ、手に入れるのに。番頭さんの寝間に忍び込んで探してる時なんか、生きた心地がしなかった。そんなものいったいなんに使うの」

「だから前にも言ったろ。おれの幼馴染みが大工をやっていて、大店《おおだな》の見取図を見て学びたいと言うから、お光ちゃんに頼んだのさ。悪いことに使うわけじゃないから安心しておくれ」

「でも返してくれるんでしょ。そうしてくれないとあたしが困っちゃうから」

「わかってるって、首尾は上々、お光大明神様に感謝だよ」

清七がお光を抱きしめ、唇を吸った。

隣室では、直次郎とお夏が息を殺してやりとりを聞いていた。

昨日お稲から文《ふみ》を貰い、お夏が河内屋の近くまで行って会うと、朋輩のお光から聞かされた話をお稲に打ち明けられた。貸本屋の清七に、お光がお店の絵図面を拝借してくるように言われ、そのことをお光がお稲に相談したのだ。

お夏はすぐに犯科の臭いを嗅ぎ取り、お稲と連携を取って今日の出合茶屋となった。お光は急用を名目にして半日の暇を貰い、清七と落ち合った。

そうしてお夏は直次郎と共にお光の後をつけ、ここまで来たものだ。

二人とも出合茶屋へ入るのは初めてのことなので、あたふたとして揉めに揉めた。

茶屋の前で直次郎は入るのを猛反対した。

「おい、いくらなんでもここはよくねえよ。おれとおめえがへえる所じゃあるめえ」

「何を言ってるの、犯科を探るためなのよ。出合茶屋であろうがなんであろうが、あたしたちの気持ちさえしっかりしていれば恥じることは何もないわ」

「けどよう、おめえと一緒に布団にへえるわけにゃゆかねえだろ」

「入らないわよ、お布団になんか」

「真っ昼間なんだぞ」

「あら、じゃ夜ならいいの」

「夜も駄目だ。大家と店子《たなこ》がそんなことをしちゃいけねえんだ」

「大家と店子じゃないわ、黒猫なのよ、あたしたちは」

「しっ、声がでけえ」

「いいからあたしについて来なさい」

「ちょっ、ちょっと待てったら」

珍妙な押し問答の末、ズンズン茶屋へ入って行くお夏を直次郎は慌てて追った。そうして茶屋の女中に金をつかませ、今少し前にしけ込んだ二人の隣りの部屋を頼んだ。

女中は承知し、その案内で二人が廊下を来ると、あっちこっちの部屋から淫らな声が聞こえ、直次郎は困って慌てた。

だがお夏は腹が据わっているのか、平然としている。

部屋へ入ると、清七とお光の媾《まぐわ》いの声が聞こえてきて、さしものお夏も顔を赤くしてうろたえ、「嫌だ、聞きたくない」と小声で言って衣桁《いこう》の陰に隠れた。

そら見たことかと思いつつ、直次郎も少しばかりおかしな気持ちになって、歯を食いしばって怺《こら》えた。

やがて清七とお光は揃って茶屋を出ると、左右に別れた。去って行く清七の背を、お光はいつまでも見送っている。清七の方は一顧だにしない。絵図面さえ手に入れれば、もはやお光は用なしのようだ。

二人はひたすら清七の後を追いつづけた。

七

浜町河岸《はまちょうがし》に面して古びた大きな家があり、清七の姿はそこへ消えた。

そこまでつけて来た直次郎とお夏は、不審な目で家を見上げた。

家は朽《く》ちていて、庭木なども伸び放題だ。

「この家のこと、近所でちょっくら聞いてくらあ」

直次郎がそう言い、消え去った。

お夏はその場に佇《たたず》み、所在なげにしていたが、家の裏手へ廻ってみた。すると家のなかから人の気配がした。それも大勢のようだ。

(うさん臭いわねえ、どんな奴が住んでいるのかしら)

不審を抱きながら元の場所へ戻ったところで、直次郎がお夏を探しながらやって来た。

「わかった？」

お夏の問いに、直次郎が答える。

「お杉《すぎ》って変わり者の婆さんが一人で住んでいるらしいぜ。人づき合いをしねえから、周りの人にあまり知られてねえみてえだ」

「でもなかには大勢人がいるみたいよ」

「暗くなるのを待って忍び込んでみるか」

二人はそこを離れて賑やかな方へ向かい、薬研堀《やげんぼり》の蕎麦屋《そばや》に腰を落ち着かせた。まだ日があるから、店内はまばらだ。共に月見蕎麦を頼む。

「どういう変わり者なの？　お杉って人は」

「業突張《ごうつくば》りという話なんだが、住み始めたのはここ一年ほどで、以前は太鼓《たいこ》職人の家だったらしい」

「その一家はどうしたの」

「追い出されたって聞いたけど、詳しい事情まではわからねえ」

蕎麦が来て、二人は箸《はし》を取った。

障子越しの赤い夕日を浴びて、お杉は鏡に向かって化粧を落としていた。

老婆の顔がみるみる剝がれ、中年増《ちゅうどしま》の女の顔が覗く。昼間のお杉を見ている人にとっては、まったくの別人だ。

最後は白髪の鬘《かつら》を取った。

黒髪の下に、艶冶《えんや》とした女が現れた。

唐紙《からかみ》の外から「お頭《かしら》」と呼ぶ男の声が聞こえ、お杉は「あいよ」と答え、身支度を整えて席を立った。

広座敷には十人ほどの男たちが膝頭を揃えていた。そのなかに清七の顔もある。

お杉が入って来て、上座に着いた。

「明日の晩にでもやっちまおうと思うんだ」

そう言い、お杉が一同を見廻した。

ピンと張り詰めた空気がみなぎる。

「これをよく見て頭に叩っ込んどきな」

清七がお光から騙し取ってきた絵図面を翳《かざ》し、男たちの方へ投げやった。

男たちがざわつきながらそれに殺到し、車座になって絵図面に見入る。

「何せ河内屋にゃ百人がとこ奉公人がいる。邪魔する奴はぶった斬って構わないよ。遠慮してたらこっちが危なくなっちまう。いいかえ、久々に千両箱を担いでここへ戻って来るんだ。わかったね」

男たちが低く鬨《とき》の声を上げた。

数刻後――男たちはいなくなり、お杉は清七と共に内湯である鉄砲風呂に入っていた。

清七はお杉の背中を流している。

「お頭、明日のことを考えると身震いがしてきやすぜ」

「あたしもさ」

「何をお言いなさる、お頭は火の玉みてえな肝っ玉が着物を着てるようなお人じゃねえですか」

「あはっ、今は丸裸だよ」

「わ、わかってやすよ」

「修羅場へ行く前の日はめらめらと燃えるのさ。今からおまえに火を鎮《しず》めて貰いたいね」

「へっ、それじゃ鎮めて差し上げやさ」

二人して湯船へ入り、抱き合った。

近くの小部屋に潜《ひそ》み、直次郎とお夏は聞き耳を立てていた。

「もういいわ、行こう」

お夏が囁くと、直次郎は戸惑いで、

「いや、まだ話の先を」

「何言ってるの、一日に何度も濡れ場につき合うことないでしょ。しかも男の方はおんなじ奴、もう沢山」

うんざり顔で、お夏は直次郎の耳をぐいっと引っ張った。

八

仙台堀の河岸地に露店が並び、縁起物や玩具などに親子連れが群れて、賑わっていた。

そのなかを置神の半兵衛が、お滝と肩を並べてぶらついていた。半兵衛は相好《そうごう》を崩して子供たちを眺め、その姿は如何《いか》にも好々爺然《こうこうやぜん》として見える。

人の流れの向こうにお夏が現れ、半兵衛に目顔でうなずいておき、さっと背を向けて消え去った。

「先に行っててくれ」

お滝に言い、半兵衛はお夏の後を追った。

稲荷《いなり》の境内で二人だけになると、お夏はこれまでの経緯《いきさつ》を手短に語った。河内屋の女中お稲と知り合ったことから始まり、その線から朋輩のお光が貸本屋の清七という男と理無《わりな》い仲になって、見守っているととんでもない展開となり、清七がお光から河内屋の絵図面を騙し取った。

そこからお夏と直次郎はお光の追跡をし、さらに清七を尾行すると、浜町河岸の謎の家に辿り着いた。その家に忍び込み、盗み聞きをした。家の主はお杉といい、どうやら盗っ人の頭目らしいことがわかった。

今宵、一味は河内屋に押し込むのだ。

「で、おめえたちはどうするつもりなんだ」

半兵衛がお夏に問うた。

「むろん止めますよ、押し込みはさせやしません。お杉は手下どもに、平気で奉公人を手に掛けろって言ってるんです」

「敵はどれくれえいる」

「十数人てとこです」

「そいつぁ危ねえ、数が多過ぎらあ。おれっちの方から手を廻してもいいんだぜ」

「いいえ、これは直さんと二人でやります。そう決めたんです」

お夏は決意の目でそう言っておき、

「それより親方、そのお杉って婆さんが何者なのか、見当はつきますか」

半兵衛の頰に皮肉な笑みが浮かんだ。

「ああ、知ってるよ」

「どんな奴なんですか」

「お杉って名めえは嘘で、婆さんてのも偽りよ。通り名は白無垢《しろむく》のお銀《ぎん》、年は四十、煮ても焼いても食えねえ女狐《めぎつね》だぜ。これまでどれだけ非道《ひどう》を重ねてきたか知れたもんじゃねえのさ」

「ンまあ、そうだったんですか」

「その家が誰の持ち物だったかはわからねえが、そこを根城として隠れ住んでいたんだろうな。婆《ば》さんに化けてんのは、世間の目を誤魔化すためにほかなるめえ」

「親方はお銀に縁《ゆかり》でもあるんですか」

「ああ、正直に言おう。大昔にな、ねんごろだったことがある。ありゃ男を食って生きてる妖怪よ。おれも食い殺されそうになったことがあらあ」

「よくぞご無事で」

「あはは、女狐如きに食われてたまるかってんだ」

「それと、親方」

「なんでえ」

「百舌龍の件は棚上げってわけじゃありませんから。今も直さんに調べて貰っていま
す」

「よし、わかった。引きつづき頼まあ」

お夏がうなずいて一礼し、行きかけた。

「おい、おめえら、本当にでえ丈夫なのか」

「一味のことですか」

「直次郎は剣術ができそうだが、多勢に無勢なんだぜ」

「それなりに修羅場は潜《くぐ》ってきてますんで」

「しんぺえでならねえのさ」

「お気遣い、有難う存じます」

また一礼し、お夏は足早に去った。

尚も心配そうに、半兵衛は見送っている。

九

日本橋本町の大通りを、夜の静寂を破って白無垢一味が河内屋をめざして走って来た。

お杉こと白無垢のお銀を先頭に、清七、手下どもがつづき、長脇差や竹槍などの武器を備え、しんがりの一人は戸を破るための鉞《まさかり》を担いでいる。

河内屋が見えてきたところで、一団がギョッとなって蹈鞴《たたら》を踏み、たじろいだ。

店の前に黒装束になった直次郎とお夏が、長脇差を腰に落とした姿で立っていたのだ。

「なんだい、おまえたちゃ。そこどきな」

お銀が凄むと、直次郎は長脇差の鯉口《こいぐち》を勇ましく切って抜刀し、

「今宵限りだな、白無垢一味。逆らう奴はお上《かみ》へ突き出してやるぜ」

「ふざけるんじゃないよ、このくそガキは。とっとと失《う》せやがれ」

お銀が勢いよく長脇差を抜き放つと、清七以下も一斉に武器を手に身構えた。

お夏もすらりと抜刀して、

「行くも地獄、戻るも地獄、おまえさん方に生きる道はないのよ」

「やっちまいな、こいつら血祭りに上げるんだよ」

猛々《たけだけ》しく言って、お銀が長脇差を振り被《かぶ》った。

束の間の睨み合いがあり、やがて闘いの火蓋《ひぶた》が切って落とされた。声を出さぬままに、白刃《しらは》と白刃が烈しく闘わされる。

直次郎が大きく動き、手下どもの躰に白刃を当てて仆《たお》して行く。峰打ちだ。お夏もすばやく跳躍するや、勇猛果敢に応戦する。だが半兵衛が言ったように多勢に無勢だ。二人はしだいに追い詰められた。

手下どもを掻き分け、お銀が前へ出て、

「さあ、正体を言うんだ。なんだってあたしたちの邪魔をするのさ。それを白状しないかい」

直次郎とお夏は黙んまりだ。

その時、何かに気づいた手下どもがざわつき、お銀に知らせた。

お銀が一方を見やると、黒装束の半兵衛が闇のなかから現れた。その周りに二十人ほどの警護役がついている。

「久しぶりだな、お銀よ」

「おまえさん……」

お銀が色を変えて半兵衛を見た。

「おめえ、まだこんな悪さをしているのか。いつンなったら心を入れ替える。悪足掻《わるあが》きはもうよしにしな。でねえと、あの世へ真っ逆さまだぞ」

「しゃら臭いことぬかすんじゃないよ、この老いぼれが。そこの二人はおまえさんの差し金かい」

「そうともよ、聞いて驚くなよ、お二人さんは天下の黒猫様だぜ」

お銀は目を見開いて二人を見ると、

「ふン、そうかい。やっちまいな」

下知《げぢ》を飛ばした。

清七と手下どもが一斉に襲いかかり、半兵衛の警護役たちが果敢に応戦する。入り乱れた乱戦となった。

そのなかを縫って半兵衛はお銀に近づいて行き、憤怒《ふんぬ》の目で長脇差を向けると、

「てめえだけは許さねえ。往生しやがれ」

「じゃかあしいよ」

お銀が歯向かって、二人が激闘となった。

直次郎とお夏は背後に廻って助勢する。

「あっ」

叫んだのはお銀で、半兵衛に袈裟《けさ》斬りにされた。

血まみれで仆れ、お銀が半兵衛を睨んだ。

「あんた、あのことをまだ怨んでるのかい」

「てめえはこのおれから大金を奪ってズラかった。裏切られたんだぞ、こっちは。そんな奴を許せると思うかよ」

「すまない、悪かった、あたしの業《ごう》なのさ」

「楽にしてやるぜ」

半兵衛が長脇差でお銀の胸を刺し貫いた。

お銀はもはや声もなく絶命する。

直次郎とお夏が寄って、半兵衛を見た。

半兵衛は目に泪《なみだ》を溢れさせていた。その姿に胸打たれるものがあり、二人は言葉もなく見交わした。男女の深淵《しんえん》を覗き見る思いがしてならなかった。

第三章　盗っ人狩り

一

柳橋《やなぎばし》は元禄《げんろく》の頃に架けられた橋で、最初は薬研堀《やげんぼり》にあり、その後西両国《にしりょうごく》へ移転した。繁華な両国広小路《ひろこうじ》にあって、昼夜を問わずに栄えている。元々火除地《ひよけち》だから道幅は広大だ。

柳橋は船宿の数が多いことでも知られ、それも上級から下級まで数十軒に及び、他にも待ち合い、貸座敷、料理屋などもあって、三業地《さんぎょうち》だけに賑やかだ。

その末端に、玉串屋《たまぐしや》という極めて小さな船宿があった。

政吉は直次郎、お夏の頼みで探索に歩き廻っているうち、そこを怪しいと思って目を付けた。

実に妙な船宿なのである。

船宿で見かけるのは爺《じい》さん三人だけで、女中は置いていない。

主《あるじ》らしき男は蟹蔵《かにぞう》といい、あとの二人は伝六《でんろく》と甚五《じんご》で、船頭は伝六が務めている。

三人は七十代かと思われた。

冴《さ》えない船宿だから、客の方もひと目でそれがわかるらしく、誰も寄りつかない。ごくたまに釣り客などが立ち寄ると、三人はたちまち迷惑そうな顔になって、渋々言うことを聞く。

酒や料理は自分の所では調《ととの》えず、仕出し屋に頼んでいる。その仕出し屋も潰《つぶ》れかけたような店だから、新鮮な活魚を扱っているとは思えないのだが。

しかし三人が盗っ人で、百舌龍一味の手先だったら店が冴えないのも偽装かも知れないし、それを暴《あば》いたとしたら政吉の手柄だ。

政吉は玉串屋には一度も上がらず、周辺で調べ廻った末、その内容を直次郎、お夏に上げた。

お夏が出してくれたお茶と羊羹《ようかん》を楽しみながら、政吉はある日の昼下りに、直次郎、お夏を前にして大あぐらで語った。阿弥陀長屋のお夏の家だ。

「玉串屋はそのめえは松葉屋《まつばや》ってえまともな船宿だったんだが、流行《はや》らねえまんま一年めえに店を閉じてな、その後に蟹蔵が居抜きで買って同業を始めたらしい。とびきり上等の女がやってるんならともかく、爺さん三人じゃ話にも何もなりゃしねえやな」

「その三人を政吉さんは臭いと思うのね」

お夏の問いに、政吉は答える。

「当ったりめえだろ、臭えなんてもんじゃねえ。三人とも人相はよくねえし、ぶっきら棒で、書き入れ時でもへっちゃらで店を閉めている。やる気があるのかねえのか、疑っちまうぜ」

「素性はわからないのかしら、三人の」

さらにお夏に問われ、政吉は頭《かぶり》を振って、

「三人ともどこから流れて来たのか、皆目《かいもく》見当もつかねえ。近所づき合いもねえんで誰も知らねえのさ」

二人を交互に見て、

「ただそれだけなら変わり者の集まりの店ってことでおしめえだが、いつかの晩にゃ三人ともどっかへ行っちまって店が真っ暗な時もあった。それも幾晩もそういうことがあったんだ。どこへ何をしに行ったものか、怪しいとは思わねえか」

　直次郎が口を切って、

「けど政吉さん、そんな年寄の盗っ人なんているのかなあ。昔はともかく、大概《たいがい》は隠居してるんじゃないのか」

「その昔、八十過ぎの盗っ人と会ったことがあるぜ。走って跳んで、そりゃもう達者なもんだったよ。なかにゃそういうのもいるんだから、あながち違うとも言い切れめえ」

「なるほど」

　直次郎は得心して、

「お夏、調べてみる値打ちはありそうだな」

「うん、そうね」

「百舌龍の手先だったら大当たりだぜ」

「わかった、有難う、政吉さん」

　お夏が礼を言い、残りの羊羹を持たせて政吉に帰って貰い、直次郎と向き合った。

「どうする、直さん」

「ためらってる暇はねえぜ」

格子戸を開けると、玉串屋の三和土《たたき》に直次郎とお夏は揃って立った。小さな家である。

二

夕暮れの書き入れ時なのに、他店とは違って玉串屋はひっそりとしていた。政吉の話の通りである。

「ちょいと御免下さいな」

お夏が声を掛けても、応答はない。

「よっ、誰もいねえのかい」

痺《しび》れを切らせたように直次郎が言う。

それでも人が現れないから、お夏は直次郎と見交わして、

「出直してみる？」

「おかしいよな、こんな刻限に誰もいねえなんて」

すると奥から足音がして、奥目で貧乏臭い面相の甚五が姿を現した。躰も痩せて萎《しな》びて見える。

「へい、なんぞ」

陰気臭い声で言った。

「な、なんぞはねえだろ、これでも客なんだぜ、おれたちゃ」

直次郎はたまげた声を出す。

だが甚五は「へい」としか言わない。

「お酒とお料理はありますよね」

お夏が言うと、甚五は難しい顔になって押し黙る。

「そんなご大層な料理でなくてもいいんだ。佃煮《つくだに》だけでも文句は言わねえぜ。おれの好きな佃煮は鯊《はぜ》とか浅蜊《あさり》なんだけどよ」

直次郎の言葉に、甚五は尚も黙っている。

「お部屋、いっぱいなんでしょうか。だったら出直して来ますけど」

助け船のつもりでお夏が言うと、甚五は奇妙なうす笑いを浮かべた。

「いっぱいに思えるかい。自慢じゃねえがしんとしてるだろ」

「じゃ上げて下さいましな」

「少し考えさしてくれ」

「ええっ」

お夏が当惑し、また直次郎と見交わした。

その時、奥からもう一人老人が現れた。それが主の蟹蔵で、甚五よりはいくらかましな対応になって、

「すまねえ、申し訳ねえ、上がって下せえやし」

老いた猿に似た、皺《しわ》だらけの顔を綻《ほころ》ばせて言った。無理に笑みを作っているようにも見える。

直次郎とお夏が上がって行くと、その背に蟹蔵が言った。

「まっつぐ行って下せえ、菊の間でさ」

そのあとで甚五を叱責する声が聞こえた。

「バカヤロ、あんな口の利《き》き方があるかよ。客がまごつくじゃねえか。もうちっと愛想を見せられねえのか」

「あれで精一杯なんだ、バカヤロ」

「いいから仕出しを頼んでこい、バカヤロ」

語彙《ごい》が貧しく、仲間内では「馬鹿野郎」が常套句《じょうとうく》らしい。

部屋は気が滅入るようにうす汚れ、花一輪さえもなく、行燈《あんどん》の灯も今にも消えそう

で暗かった。窓の下は大川《おおかわ》で、打ち寄せる水音が聞こえている。

直次郎とお夏が所在なげに座していると、甚五が「へえりやさ」と言い、箱膳を持って入って来た。その後から新顔の伝六もつづいている。

伝六という爺さんも先の二人と似たりよったりで、口を利くのを惜しむかのように唇を引き結んでいる。

「ゆっくりしてってくれ」

それだけ言い、甚五は伝六をうながして出て行った。

膳にはへなっとした小魚の天麩羅《てんぷら》と、玉子焼きが載っている。それと酒が二本だ。

「これじゃ流行《はや》るわけないわよ」

料理を眺めてお夏が嘆くと、直次郎は膳の一つを片手で取って鼻を利かせ、酒料理の匂いを嗅ぎ廻り、

「おい、食っちゃならねえぞ。どいつもこいつもひでえもんばかりだ。天麩羅はいつ揚げたか知れねえし、玉子焼きなんざ二、三日めえのもんじゃねえのか。それに皿だってみんな欠けていやがる」

「お酒も冷やンなっちまってる、いつお燗《かん》したのかしら」

お夏が徳利を振りながら呆れ顔で言う。

「こんなもてなしじゃ客が寄りつくはずもねえやな。つまりやる気はねえってこったろ」

直次郎の言うのへ、お夏も同意で、

「これに目を付けた政吉さんの眼力は間違っちゃいなかったわ。この船宿は充分に怪しいわよ」

「で、どうする」

「見張るのよ」

「爺さん三人は古狸《ふるだぬき》もいいとこだぞ」

「こっちは若い黒猫二匹よ、負けないわ」

三

直次郎、お夏の二人だけで見張るのは無理があり、翌日から熊蔵や阿弥陀長屋の住人たちにもわけを言って手伝わせることにした。

まずは政吉が玉串屋の周辺に張りついた。熊蔵も古道具屋が暇になると手伝いに来て、政吉と交替した。

岳全、捨三は昼のうちは寺の本職があるので、夜になると玉串屋の見える所へやって来て、深川を出る時に持たされたお夏手製の弁当を、柳橋の土手に並んで座り、頬張った。二人とも藪蚊《やぶか》に食われて難儀をした。

その間、直次郎とお夏は蟹蔵、伝六、甚五たちの身許調査を行った。

これには臨時廻り同心の岡部金之助が役立った。日頃の袖の下の効果だ。岡部にとって柳橋は馴染みがなかったが、そこは蛇《じゃ》の道は蛇《へび》ゆえに求めることが得られた。

老人三人は、当時《とうじ》無宿《むしゅく》と呼ばれる無宿者たちであった。

無宿者は当時無宿と、帳外《ちょうがい》無宿の二種に分かれていた。

当時無宿は一定の住居を持たない者のことで、諸国から江戸にやって来てうまいことどこかに潜《もぐ》り込むのだ。

帳外無宿は戸籍を抹消された者で、出身地の国名を被《かぶ》せて何州無宿と呼ばれた。これには犯科人が多く含まれている。

江戸には無宿者が多かった。

不行跡《ふぎょうせき》のどら息子などは一軒の家に親子で暮らしていても、勘当されれば戸籍から抜かれた。それも無宿者で、三度笠の旅鴉《たびがらす》だけが無宿者ではないのだ。

この時代に寄留籍《きりゅうせき》はなく、遠国《おんごく》から江戸に働きに来た雇い人たちも人別帳《にんべつちょう》には記載されず、また事情があって出奔《しゅっぽん》した者でも、その地に籍があったとしても、江戸では無宿の扱いとなった。

しかし雇い人などは、仮人別をこさえて名主以下の戸籍簿とし、町奉行所に届けずとも無宿者としては扱わなかった。

当時無宿と帳外無宿の区別がわかり難く、老人三人が当時無宿と判明したところで、彼らが正か邪かまでは読み取れない。

三人が近隣と親しくしていれば、在所はどこかぐらいの話は出るはずだが、世間と没交渉なのだからなす術《すべ》はない。


ある晩、直次郎とお夏は玉串屋が見える茶店に陣取って見張っていた。

茶店は夜になると店仕舞いするので、直次郎が店の婆さんに手当てを弾んで一刻(二時間)ほど延長を頼んだ。

その晩も玉串屋に客はなく、ひっそりとしていたが、仄明《ほのあか》りが見えるから不在ではないようだった。

六つ半(午後七時)になる頃、町人体《てい》の三人の影がやって来て、玉串屋へ入って行った。

それがやくざ者風だったから、二人は少し目を尖らせた。見交わし合い、茶店の婆さんに礼を言って玉串屋へ近づいて行く。

店のなかで、何やら揉めているような男の荒々しい声がする。三老人のものではなかった。

闇に身を潜《ひそ》め、二人は聞き耳を立てた。

「いつまで待ちゃいいんだ」

「こっちは我慢に我慢を重ねてるんだぜ」

「てえげえにしねえと、こんな家はぶっ壊しちまうぞ」

乱暴する物音も聞こえる。

お夏が小声で言う。

「おおよそ察しはつくわね」

「借金取りだろ。たぶん賭場《とば》か何かの悶着じゃねえのか」

「あたしもそう思う」

やがて格子戸が開き、三人が肩で風を切って出て来た。近くで見るとやはり人相の悪い博徒《ばくと》たちだ。

「直さん」

「わかってるって、任《まか》しとき」

立ち去る三人を直次郎が追って行き、お夏はその場に留まった。

「ちょいと、兄さん方」

博徒らの背後から直次郎が声を掛けた。

悪相の三人が歩を止めて振り返る。

「今揉めていなすったようだけど、なんぞござんしたかい」

年嵩《としかさ》が鼻で嗤《わら》って、

「なんでえ、おめえさんは」

「へい、お上《かみ》の使いっ走りをしてるもんでして」

嘘も方便を言った。

すると博徒らはやや態度を改め、

「金の取り立てに来ただけですぜ」

年嵩が言う。

「てことは、賭場か何かの」

「まっ、そんなとこよ。爺さんたちが払うもの払わねえから困ってるんだ」

「どのくれえでがすね」

「三人合わせて、三両二分ってこって」

　年嵩が答える。

「爺さんたちは三人で博奕《ばくち》をしたんですね」

　直次郎の確認に、博徒らがうなずく。

　そのほかに三老人のことを聞くと、博徒らもよく知らないらしく、実りはなかった。最後に博徒らは、西両国の賭場の者だと明かした。

　直次郎は早々にお夏の所へ戻ると、

「これで謎は解けたぜ。書き入れ時に店を閉めていたのは賭場に行ってたんだ。だから爺さんたちは怪しくもなんともねえのさ」

「それだけかしら」

　お夏は首を傾げる。

「なんでえ、まだ何かあるってのか」

「ううん、いいわ、あたしだけ見張りをつづける。直さんはもう帰って」

四

深川の場末の居酒屋で、百舌の龍之介と弥十郎が床几《しょうぎ》に掛けて酒を酌み交わしていた。

客はほかになく、店主の婆さんが奥でうつらうつらと白川夜船《しらかわよぶね》を漕いでいる。

破れ障子から生暖かい風が吹き込んで、陰気臭い晩だ。

「お頭《かしら》、そろそろどうでござんすね」

弥十郎が含んだ目で言った。

「どうとは、あれのことか」

「へい、あれしかねえですよ」

「おめえがそう言うってことは、どっかにもう結構な宝船を見つけたんだな」

弥十郎がうなずいて、

「室町《むろまち》一丁目に遠州屋《えんしゆうや》ってえ下《くだ》り傘《がさ》問屋があるんでさ。大身代で奉公人は百二十人の所帯なんで」

「室町ならそんな大店《おおだな》はざらだな」

「そうですがね、遠州屋にゃすこぶるつきの別嬪《べっぴん》がいるんですよ」

龍之介が好色な目を光らせ、

「そいつぁ聞き捨てならねえじゃねえか。どんな娘なんだ」

「一人娘ですよ。年は二十を出たとこで、こいつがたまらねえ美形なんで」

龍之介が乗り気になって、

「今から二人で行ってもいいんだぞ」

弥十郎が慌てた仕草で、

「ちょっ、ちょっと待って下せえ、そうはゆきやせんよ。ものには順序ってやつが」

「わかってるよ」

ぐびりと酒を干し、龍之介が遠くを見る目になって、

「思い出したぜ、その昔にも似たようなことがあったなあ」

「いつ頃のことでござんすか」

「おめえと出会うめえで、十年近え昔ンならあ」

「お頭はそんな昔から悪さをしてたんですかい」

「おれの悪行《あくぎょう》は生まれ落ちてからよ、悪さをしねえ日はなかったのさ」

「そいつぁ恐れ入りやす」

「なかにゃ忘れられねえ女もいたぜ」

「へい、どんな？」

「どんなと言われても、たとえようもねえやな」

龍之介は「ふうっ」とやるせないような溜息をつく。

「その娘とは一度っきりだったんですかい」

「いいや、連れ廻して味わい尽くした。女ってな面妖《めんよう》な生き物でな、おれを憎んでるくせしてあれが始まると泣いて縋《すが》るんだ。けえる時も花魁《おいらん》みてえによ、主《ぬし》さんわちきを捨てないでと後朝《きぬぎぬ》の泪《なみだ》を流すのさ。こっちはたまらなかったぜ」

「その女、まだ生きてるんですかい」

「ああ、どっかでな」

「今、会ったらどうしやす」

「決まってらあ、おなじことをするさ。おめえにゃそういう憶えはねえかい」

「ござんせんねえ、こちとら女にゃ気持ちを入れねえようにしてるんで」

「そこが違うところだな」

「いいんじゃねえんですか、人それぞれでやんすから」

「違《ちげ》えねえ」

「室町の件、支度を始めてようござんすね」

「おう、おめえが差配してくれ。一切合切《いっさいがっさい》任せらあ。おれぁ乗っかるだけよ。別嬪の娘にも乗っかるつもりだけどな」

「そいつぁいいや」

二人が下卑《げび》た笑い声を上げた。

すると龍之介は不意に表情を変え、

「おい、あっちの方はどうなってるんだ。めえから言ってるはずだぜ」

弥十郎が目を慌てさせる。

「あ、いえ、怠《なま》けておりやして。申し訳ござんせん」

「忘れるんじゃねえぞ、盗っ人狩りを」

「承知しておりやす」

「この江戸にゃほかの盗っ人はいらねえ、この百舌龍だけでいいんだ」

五

その日もお夏は玉串屋近くの茶店に現れ、すっかり顔馴染みになった店の婆さんに手土産《てみやげ》の大福餅を持参して共に食べ、すっかり打ち解けていた。

日が傾いてきても、お夏がいるから店仕舞いともゆかず、しかし婆さんは文句ひとつ言わずにつき合ってくれた。大福餅が効いたのだ。

やがて辺りが暮れなずむ頃、蟹蔵、伝六、甚五の三人が玉串屋から揃って出て来て、歩き去って行った。むろん玉串屋は真っ暗だ。

それを見届け、お夏は茶店の婆さんに礼を言って三人の後を追った。

三人は神田川沿いに柳原《やなぎわら》土手を突き進んで行く。その足並は老人らしくない達者なもので、やはり尋常な年寄とは違うと思わせた。

(両国とは真反対だから、今日は賭場じゃないみたいねえ、いったいどこへ行くってのの)

興味津々《しんしん》でお夏は尾行をつづける。

三人は和泉橋《いずみばし》を渡り、神田佐久間町《さくまちょう》へ入って行った。町家の密集した表通りを足早に進んで行く。三人は裏通りに姿を消した。

お夏が歩を速めて追うと、その眼前に突如大きな犬が立ちはだかった。犬が苦手《にがて》だからお夏は思わず立ち竦《すく》む。犬は唸《うな》っている。

「こら、あっち行ってよ、しっ、しっ」

邪険《じやけん》に追い払おうとしていると、そこへ飼い主らしい商家の旦那風が慌てて現れ、犬の首玉を結んでお夏に詫びた。

気にしないでと言い残し、お夏は三人の消えた裏通りへ小走った。そこいらには何棟かの棟割長屋が並んでいて、そのどこかに入ったはずの三人の姿はすでになかった。

長屋の家々には火が灯り、一家団欒《だんらん》の声が聞こえる。どこかの家に三人はいるのか。それは不確かだが、お夏の勘はいると訴えていた。

(でもこんな所に、どんな用が……)

不可思議だった。

一棟の長屋の路地へ入り、様子を窺《うかが》いながらゆっくりと歩いてみた。どこにも不審はない。また別の長屋へ行き、おなじく路地を歩いて探る。

一番奥の一軒の家にだけうす明りが灯り、ひっそりとしていた。無人ではないようだが気配はない。お夏はそこに何かを感じた。飯時に静まり返っているのが気になった。独り暮らしの老人でも住んでいるのか。それならわかるが、その家の油障子の横に仕舞い忘れた赤い女物の杖《つえ》が立てかけてあって、老人のものではないと見た。

訪ねるわけにもゆかず、お夏が迷って足踏みしていると、隣家から空《から》の酒徳利を抱《かか》えた女房風が出て来た。亭主の酒を買いに行くようだ。

女房は見たこともないお夏に不審を持ち、睨むようにこっちを見て、

「なんだい、おまえさんは。どこの人だい」

咎《とが》めた。

「いえ、あの、その、迷っちまったんです」

ペコッと頭を下げ、お夏は逃げるように立ち去った。


翌朝目覚めると、矢も楯もたまらない気持ちで、佐久間町を目指した。気になることができると、お夏は眠れなくなるのだ。

勘違いだったらいけないから、直次郎には何も伝えていなかった。

昨夜の長屋へ来ると、かみさんたちが元気に井戸端で喋《しゃべ》くりながら、洗い物などをしていた。

昨夜とおなじ女房がいたので、お夏は寄って行って頭を下げ、「ゆんべは驚かせてすみません」と言って詫びておき、不審なその家のことを聞いた。

女房は昨夜の件などは気にしてなく、格別お夏の素性も聞かずに教えてくれた。

「あそこにゃお峰《みね》さんて人が住んでてね、大怪我をして寝たきりになっちまったんだよ」

「どんな大怪我なんですか」

「お峰さんは須田町《すだちょう》の漬物問屋で働いていたんだけど、一年前にそこに盗っ人が入って、お峰さんは気丈な人だったからそいつらに立ち向かったんだ。その時盗っ人の一人に突き飛ばされて土間に転がって、運の悪いことに石臼《いしうす》が仆《たお》れてきて、打ち所が悪くって片足が動かなくなっちまったんだよ。それで仕事もできなくなって、寝たきりってことに。それからこっち、長屋のみんなで面倒を見ているのさ」

「家族はいないんですか」

「お峰さんはずっと独りもんさね。この長屋じゃ一番古いんだ」

「身寄りもなしなんですね」

「それがね」

　女房は声を落として、

「半年ぐらい前から爺さん三人が時折見舞いに来るようになって、みんなでよかったねって言ってるんだけど、その人たちのことをいくら聞いてもお峰さん素性を言わないんだ」

「どうしてなんでしょう」

「さあ、あたしたちにもわからないね。けど若い男が来るんならともかく、爺さんたちだからねえ、こっちも大して気にしてないんだよ」

六

夜になって喉《のど》が渇き、お峰は緩慢《かんまん》な動作で夜具から身を起こし、畳を這《は》って土間まで行くと、柄杓《ひしゃく》を取って水瓶の水を汲み、ごくごくと喉を鳴らして飲んだ。

よその家々の賑わいが聞こえてくる。それはいつものことでなんともないが、この足の不自由さは如何《いかん》ともしがたい。

杖を突けばなんとか歩けるが、気持ちの塞《ふさ》がれたやりきれなさはずっとつづいている。

一年前に奉公先に三人組の盗っ人が押し入り、気丈に振る舞って抗《あらが》ったのが徒《あだ》となり、仆れてきた石臼が腰から下に落ちて大怪我をした。以来、左足は役に立たなくなった。それで仕事もできなくなり、やめざるを得なくなったのだ。三十五年間生きてきて、こんな悔しいことはなかった。

寝込んでから長屋の連中がよくしてくれ、飯を食うことに関しては不満はない。元の漬物問屋の主《あるじ》や朋輩《ほうばい》たちも縁を切らずに来てくれ、お峰としては感謝に耐えない。

半年も経った頃、杖を突いて柳原の土手を散策していると、会ったこともない老人が寄って来て、「すまねえ」と言った。それがあの時の盗っ人だと、お峰はすぐにわかった。

老人は蟹蔵と名乗り、盗っ人であることを明かして土手で土下座《どげざ》をした。それまで抱いていた怒りが一気に鎮《しず》まるのを感じた。次の日には仲間の二人の老人も現れ、お峰に深く詫びた。

三人のいずれも、お峰が若い頃に死んだ父親を思わせた。お峰が許す気持ちになったことがわかると、老人たちはホッとして、それからは何かとやって来ては面倒を見るようになった。駕籠《かご》を伴って来ると、お峰を料理屋へ連れて行き、ご馳走もしてくれ、時には着物も買ってくれた。それが今では習いになっている。

だがある時ふっと気づいて、内《うち》神田三島町《みしまちょう》の料理屋に上がった折、意を決して聞いてみた。

「蟹蔵さん、伝六さん、甚五さん、折入ってお話があります」

お峰にそう言われると、三老人は襟《えり》を正すようにして神妙に聞き入った。

「あたしによくしてくれるのは有難いんですけど、ご馳走してくれるお足《あし》はどこから出ているんですか。おまえさんたちは盗っ人なんだから、もし人様から盗んだものだったとしたら——」

蟹蔵はみなまで言わせず、手で制して、

「いつかはそう言われるだろうと思っていたぜ。けどおれたちゃそれだけはしてねえよ。おめえさんにゃ汗水流して働いた金で気分よく飲み食いして貰おうと、精一杯やってるつもりなんだ。それだけは疑《うたぐ》らねえでくんな」

それを聞いてお峰は安堵したが、どこかで一抹《いちまつ》不安がよぎった。三人がこの年で汗水流して働いているというのが、どうにも付け焼き刃に思えた。

悪い人たちでないことはわかっていても、元は店に押し入った盗っ人なのだ。信用してよいものかどうか、判断にあぐねた。

その疑念を抱きつつ、今日まで世話を受けている自分も煮え切らないと思った。盗っ人三人の贖罪《しょくざい》の気持ちはわかるが、このままでよいものかどうか、そろそろけじめをつける時ではないのか。

柳橋まで行ってみようと思った。

七

翌日の昼前、お夏は直次郎を伴って柳原土手を足早に歩いていた。目指すは佐久間町のお峰の家だ。

空はよく晴れ、汗ばむほどである。

「お夏よ、おめえの話だとそのお峰って人は随分と人が好いじゃねえか。自分を不自由な躰にしたあの爺さんたちに、出入りを許してるってのか」

「そうよ。でもどうしてそうなったのか、あたしはそれが知りたいのね。あの三人が盗っ人だってことはあくまであたしの推量で、本当のことは何もわかってないんだから。お峰さんに直《じか》に聞くつもりよ」

えっほ、えっほと駕籠舁《か》きが掛け声を上げながら、前からやって来た。

二人が土手の道を避けて駕籠をやり過ごしていると、駕籠の垂れから赤い杖の先が出ているのが目に入った。なかの人物はわからない。

少し行って、お夏がハッとなって立ち止まった。

直次郎が怪訝な顔をやる。

「どうしたい」

「あの杖、お峰さんだわ」

「なんだと」

駕籠はぐんぐん遠ざかっている。

お夏が踵《きびす》を返した。

直次郎もつられて追った。

「お峰って人に間違いねえんだな」

「杖に見覚えがあるの」

駕籠の着いた先は柳橋だった。玉串屋の前で止まり、お峰が降りて杖を突き、店へ入って行くのが見えた。

お夏と直次郎は店へ向かう。

するとなかからお峰の悲鳴が上がった。

二人は何事かと見交わし、血相変えて玉串屋へ入った。

しんと静まり返ったなかで、奥の方からお峰のくぐもったような声が聞こえた。

二人がそこへ急ぐ。

一室にお峰が茫然と突っ立ち、身を震わせていた。その足許に無残に斬り殺された血まみれの伝六と甚五の死骸が転がっている。

「何があったんですか」

お夏がお峰に問うた。

「わかりません、たった今来てみたらこの人たちが……」

直次郎が伝六と甚五の首に手をやり、すでに絶命していることを確かめる。

その時、隣室から微《かす》かな呻《うめ》き声がした。

三人が視線を絡ませ合い、隣室を開けた。

斬られた蟹蔵が虫の息で仆れていた。

お峰が駆け寄り、揺さぶる。

「蟹蔵さん、蟹蔵さん」

「おうっ、お峰さん、どうしてここに」

「話があって来たんですよ。でもそれより何があったんですか」

蟹蔵は死期の迫った目で見廻しながら、

「見たこともねえ連中だったぜ……ありゃどう見ても同業だ……ごつい野郎が長脇差《ながどす》を抜くなり、盗っ人狩りだとぬかしやがった」

「蟹蔵さん、喋らないで。すぐにお医者さん呼んで来るから」

お峰が懸命に介抱しながら言う。

「よしてくれ、これでいいんだ。今まで人様のものかっぱらって、やりてえ放題に生きてきた。天罰なんだよ」

「蟹蔵さん」

蟹蔵を呼び戻そうと、お峰は必死だ。

「お峰さん、おめえさんをそんな躰にして、心底悪いと思ってるぜ。許してくんなせえ」

お峰は泪《なみだ》を流し、かぶりを振る。

直次郎とお夏は無言で見交わし、そっと出て行った。

そうして二人は玉串屋から離れながら、

「お夏、もはや説明はいらねえな」

直次郎の言葉に、お夏は怒りを滲ませ、

「盗っ人狩りだなんて、許せない。どこの同業なの。あのお爺さんたちが何をしたって言うのよ」

「右におなじだぜ」

「あの人たちとは、正しくは仇《かたき》を討ってやるほどの仲じゃないけど、あたしはきっちり落とし前をつけてやりたい」

「黒猫としてか」

「そうよ、義賊黒猫としてよ」

「そうくるだろうと思ってたぜ」

直次郎は快哉《かいさい》の笑みになり、

「この足で行ってみるか」

「置神の親方ン所ね」

直次郎は無言でうなずき、お夏をうながした。

八

直次郎、お夏から蟹蔵たち殺害の顚末《てんまつ》を聞くや、半兵衛は険しい目になり、やがて目許を微かに震わせて悲嘆を見せた。

仙台堀の半兵衛の家で、お滝は買物に出ていて不在だった。

「ほかの二人は知らねえが、蟹蔵のことはよく知ってるよ。昔からしょぼたれた野郎だった。でっけえ盗みはしねえが、こぢんまりした所に押し込んで仕事をしていた。

漬物問屋の件は初めて聞いたよ。押し込むにゃそれなりのわけがあったんだろうが、今となっちゃ確かめようもねえや。そうかい、おっ死《ち》んじまったかい。おれぁ大昔に蟹蔵を使ったことがある。いい奴だったぜ」

直次郎が身を乗り出して、

「蟹蔵さんは今際《いまわ》の際《きわ》に、相手が盗っ人狩りだと言ったと。それがどんな連中か、親方に見当がつきやすかい」

「つくよ」

あっさり言った。

直次郎とお夏が鋭く見交わす。

「百舌一味の仕業《しわざ》だろうぜ。以前に奴がそうほざいていたと人伝《ひとづ》てに聞いたことがある。百舌龍は心を持ってねえからな、平気でそういうことを言うんだろう。おれも黙っちゃいらんねえと思って、それでおめえたちに探索を頼んだ。奴らの居場所がわかったら、総攻撃をかけてやるつもりさ」

「江戸の闇に血の雨が降りやすぜ」

そういう直次郎へ、半兵衛は不敵な笑みを浮かべ、

「所詮《しょせん》畳の上じゃ死ねねえと思ってらあ、だからよ、潔《いさぎよ》く行こうじゃねえか、若え

お二人さん」

　直次郎とお夏は何も言えない。

「いいかい、おれたちゃ人の道に背《そむ》いて生きてるんだ。きれいごと言ってたら通用しねえぜ」

　お夏が覚悟の目で首肯し、

「親方の仰《おお》せの通りだと思います。逆らうつもりはありません。でも、あたし……」

「でも、なんでえ。言ってみな」

　半兵衛にうながされ、お夏が言った。

「どんなことがあっても、畳の上で死にたいんです」

　思わぬ言葉に、直次郎と半兵衛は呆気《あっけ》に取られた顔で見交わし、次にはパッと笑いが弾けた。

「お夏、よしてくれ、親方の前で。そりゃ誰だってそうさ。死に場所を探す話をしてるんじゃねえんだぞ」

「じゃ、何よ」

「こいつはな、盗っ人の矜持《きょうじ》ってえやつなんだ。親方はそういう話をしてるんだよ」

「難しいこと言われてもわからない、ともかくあたしたちは百舌龍を探すのよ。蟹蔵さんの仇討をしてやるの。だんだんその気になってきたわ」

半兵衛は確《しか》とうなずき、

「頼むぜ、黒猫さん」

九

その日の初糸は、鳥追《とりおい》に化けて市中を流していた。今いる所は室町一丁目界隈だ。

鳥追というのは女の稼業で、編笠《あみがさ》を被って面体《めんてい》を隠し、三味線《しゃみせん》を弾きながら唄を歌う門付《かどづ》け芸人のことだ。

笠の紐は赤い太紐で、縞《しま》の木綿布子《もめんぬのこ》に紫《むらさき》の半襟《はんえり》、繻子《しゅす》の帯《おび》をだらりに結び、手甲《てっこう》をかけ、水色の脚絆《きゃはん》、白足袋《たび》に日和下駄《ひよりげた》を履いている。それが門付け芸人の定服だ。

「〽今もしあなたと切れたなら　生きてこの世に甲斐はなし　ぬしという字を　ええ、逆に読む……」

哀調切々と初糸は端唄《はうた》を歌う。

俄《にわか》仕込みに芸人から教わったものだ。このところ寺子屋の口がなく、また手習い師匠だと市井《しせい》で人と交わることもできないから、いっそのことと思い、考えを転換したものだ。

笠で目深《まぶか》にしているから初糸にとっては都合がよく、恰好の変装かと思われた。

大店の並ぶ辺りを流しながら、初糸はふっとある人物に視線を注いだ。

その若い男は甘味処の窓際に陣取り、ある店から目を離さず、じっと人の出入りを窺っている。娘客の多い甘味処の似合う男ではなく、違和感があったのだ。

(狙っているのかしら)

すぐに盗っ人ではないか、という疑念が首をもたげた。

初糸は向かいの商家の横手に入り込み、そこから男を見張った。

入れ代り立ち代りする娘客に男は目もくれず、その視線の先を追って初糸は表情を引き締めた。

店の軒看板には『下り傘問屋遠州屋』とあり、かなりの大店で賑わっている。

(間違いないわ、あの店を探っている)

確信を持った。

そこへ菅笠《すげがさ》を被った町人体《てい》がやって来て、男の横に座り、何やら小声で話し始めた。

菅笠は四十代かと思われ、若い男が気を遣っているのがわかる。

やがて菅笠は席を立ち、男を残して通りを去って行った。

すかさず初糸が追う。

菅笠は足が速く、初糸は懸命に追尾した。

稲荷《いなり》の境内に入り、初糸が来て見廻すと、菅笠の姿は消えていた。境内には子供たちが遊んでいる。

初糸の背後に、不意に菅笠が立った。

「おめえ、何もんだ」

笠を取った男は弥十郎であった。

やや狼狽《ろうばい》しながらも、初糸は惚《とぼ》けて知らん顔を決め込み、無言で立ち去ろうとした。

その肩を弥十郎がつかんだ。

「聞いてることに答えろ」

初糸は顔を伏せたまま、撥《ばち》を閃《ひらめ》かせた。

撥は弥十郎の顔面をかすり、態勢を崩す。隙を見て初糸は逃げた。すかさず弥十郎が追い、また躰をつかまれた。

その顔面に初糸は三味線を叩き下ろした。

「やっ、くそっ」

弥十郎が吠える。

何度も三味線で弥十郎を叩いた。
怯《ひる》む弥十郎を残し、初糸は必死で逃げた。
稲荷を出ると人の往来が多く、そのなかを縫って初糸は消え去った。
憤怒の目で見送り、弥十郎は踵《きびす》を返した。
すると逃げ去ったはずの初糸が家の陰から顔を覗かせ、弥十郎の尾行を始めた。

第四章　白浪廻状《しらなみかいじょう》

一

日本橋の賑わいを右に見ながら、弥十郎は地引河岸《じびきがし》を東へ向かい、荒布橋《あらめばし》を渡り、小網町《こあみちょう》一丁目へ出た。

さらにそこから思案橋《しあんばし》を過ぎ、小網町二丁目の河岸地へ入り、行徳河岸《ぎょうとく》から町家の密集した界隈にその姿を消した。

初糸はそこまで追って来て、笠を目深にしたまま、油断なく辺りの家々や路地に目を走らせて踏査する。

そこいらには、何棟かの長屋が建ち並んでいた。

日暮れ間近の長屋の路地では、住人たちが家から出て煮炊きを始め、子供たちは囂《かまびす》しく走り廻っている。

初糸の進む前方で、人の動くような気配がした。とっさに地を蹴って追跡する。その刹那《せつな》、眼前の葭簾《よしず》越しに、手槍の穂先が鋭く突き出された。弥十郎に待ち伏せされていたのだ。襲撃は的を射ていて、白刃《しらは》が初糸の右腕をかすった。痛みが走った。着物の袖が破れて血が滲む。急いで身をひるがえした。

突如姿を現した弥十郎が、葭簾を荒々しく踏み倒し、悪鬼の形相で追って来た。

初糸は笠で顔を隠したまま、必死で逃げ惑う。

前方は袋小路だった。

絶体絶命だ。

その時、左手の長屋の家から、すっと白くて細い腕が伸びて初糸の袂《そで》をつかみ、引き寄せた。

初糸がハッとなって見やると、うす暗い家の土間に粗衣《そい》を着た小娘が立っていて、無言でうなずいて見せた。匿《かくま》ってくれるというのだ。

小娘の好意に甘んじて初糸が家のなかへ入り、油障子を閉め切った。それと同時に、兇暴な弥十郎の足音が聞こえてきた。

初糸と小娘は身を寄せ合うようにして、息を殺している。娘は初糸の右腕の着物の破れから出血しているのを見つけ、手で疵口《きずぐち》をそっと押さえてくれる。足音は通り過ぎてそれきり戻って来ず、二人は束の間安堵した。

家のなかにもう一人年上の娘がいて、座敷から立って来て、初糸に案ずる目を向けた。

初糸は二人へ向かって頭を下げ、礼を言った。

「危ないところをお助け頂いて、有難う存じます」

娘二人は初糸を座敷の方へ誘い、年上の方が「どうぞこちらへ」と言い、向き合って座すと、まずは片隅から薬箱を取り出してきて、疵口の手当てに取り掛かった。その間言葉は一切なく、黙々と消毒がなされ、塗り薬が貼られて必要な処置が施された。

それが一段落すると、ようやく年下の方の娘が秘密めかした口調で初糸に話しかけた。

「今、おまえ様を追っていたあの男とはどんな因縁があるんですか」

「えっ、それは……」

すらすらとは明かせない事柄だけに、初糸は言い淀《よど》む。

すると年上が意を決したように、

「あたしたちは仇持《かたきも》ちなんです」

「ええっ」

「おまえ様を追っていたあの男を狙い、半年前からここに隠れ住んでいます。探し廻ってようやく突きとめ、近くから仇討《あだうち》の機会を窺《うかが》っているんです」

そう言った後、年上の娘は喜和《きわ》と名乗り、もう一人は八重《やえ》といい、二人は姉妹なのだと明かした。姉が喜和で、妹が八重、共に二十代の前半だ。

どちらも楚々《そそ》とした風情で、粗衣に身を包んではいるが、こんな裏長屋は似合わず、溶け込んでいないことがわかる。

「まあ、そんなことって……」

自分とおなじ境遇の娘たちとの邂逅《かいこう》に、初糸は面食らった。その不思議なめぐり合わせに、内心では少なからず驚いている。

八重が淹《い》れてくれた茶を飲み、初糸はひと息つくと、おのれの事情を語る決意をした。そうせずにはいられなかったのだ。

「実はわたくしもあなた方とおなじ仇持ちの身なのです」

姉妹が驚きの目を見交わす。

「わたくしは長門国を出て、諸国を転変《てんぺん》とした後に江戸へ辿り着きました」

「では鳥追《とりおい》の姿をなされていますが、おまえ様はお武家なのですね」

喜和が遠慮がちに問うた。

初糸はうなずき、

「長門国豊浦《とようら》郡清末《きよすえ》藩と申す一万石の外様《とざま》小藩にて、藩祖は萩《はぎ》藩毛利《もうり》家なのです。父はそこで中老《ちゅうろう》を務め、御家の屋台骨を支えておりました」

「では御中老様のお嬢様なんですか」

八重は驚きを隠さずに言う。

「ええ、でもそれは八年前までの話で、今では長きに亘《わた》る仇討旅に疲れ果て、正直なところ困憊《こんぱい》しておりますのよ」

苦笑を滲ませて初糸は言う。

「お父君はどうなされたのですか」

「流れ者の盗っ人に斬り殺されました」

姉妹は表情を引き締めて見交わし、

「仇はあの男なのですか」

八重が言った。

「今の男は仇ではありません。名も知らぬのです。でもわたくしの仇敵《きゅうてき》の手下であることは間違いないのです」

「その仇の名は」

「盗賊百舌の龍之介と申します。通り名は百舌龍です」

姉妹は二人だけで何やら囁《ささや》き合っている。

「お心当たりでも？」

初糸の問いに、喜和が答える。

「わたしどもが狙っているのはあくまで最前の男で、百舌という名は知りません。あの男は町人体《てい》に身をやつしておりますが、元は武士です。その名を柘植《つげ》弥十郎と申します」

「お二人にはどのような事情が？」

「あ、申し遅れました」

喜和が居住まいを正すようにすると、八重もそれに倣《なら》った。

「わたしたち姉妹は、甲州《こうしゅう》街道下布田五ケ宿《しもふだごかしゅく》の名主庄左衛門《しょうざえもん》の娘でした」

喜和の言葉に、初糸は察しをつけて、

「でした、と申されるからには、今はそうではないのですね」

姉妹は悲しい目でうなずく。

「何があったのですか」

初糸が重ねて聞く。

「おまえ様とおなじでございますよ。柘植弥十郎に押し込まれ、父と母を手に掛けられたのです」

八重が言うと、喜和がそれに被《かぶ》せるようにして、

「五年前のことです。弥十郎に押し込まれて金品を奪われ、ふた親を殺され、路頭に迷って浮世の荒波に放り出されました。そうして妹と仇討を誓い合い、おまえ様とおなじように転変を繰り返した後、江戸に着到し、血眼《ちまなこ》になって柘植弥十郎を探したのです。その名はお尋ね者として知れ渡っておりました。江戸の闇社界に手を廻し、ようやく行方をつかみ取り、ここへ隠れ住むことに」

「弥十郎はかなりの手練《てだれ》ですわね」

初糸が言うと、姉妹は「はい」と共に言ってうなだれ、

「ですから近くの町道場へ二人して通い、腕を磨いているのです。でもなかなか上達は」

八重が難儀そうに言う。

「わたくしの目指す相手が弥十郎とつながっているのですから、無関係ではありませぬ。そちらさえよろしければ、共に手を取り合って本懐《ほんかい》を遂げませぬか。お力添えを

決して惜しむつもりはありませぬ」

　姉妹はハッと衝かれたように見交わし、

「願ってもないことです」

　そう言った後、八重を見て、

「そうよね、八重」

「ええ、わたしの方にも異存は」

　初糸は得たりとなって笑みを見せ、

「三人が図らずもこうして知り合ったのも天のお導きかも知れません。どうかよしなに」

　その後、三人は細々としたことを打ち合わせし、初糸は今いる木賃宿を引き払い、おなじ長屋に越してくることになった。幸いにも一軒空きがあったのだ。

　女三人の住む長屋は弁天《べんてん》長屋、数棟先に弥十郎が住むそれは源七《げんしち》長屋といった。

二

　弥十郎は源七長屋へ戻って来ると、乱暴に手槍を土間に放り投げ、座敷へ上がり込んで酒徳利を引き寄せ、荒々しく酒を飲んだ。

手鏡を翳《かざ》して髪を直していたお富《とみ》が、ちらっと弥十郎を見て、

「何かあったのかえ」

と言った。

お富は年増の酌婦で、弥十郎の情婦だ。

「どうやら身の置き所がないようだ」

弥十郎が重々しい声で言った。龍之介に対する時はやくざ口調だが、お富の前では武家風になる。

「どうしたのさ」

「女に追われている」

「なら結構じゃないか」

お富は笑って言う。

「ふン、そんな色めいた話ではないわ。仇と狙われているようなのだ」

「どんな相手なんだい」

「顔がよくわからん。しかし躰中から殺気を放っていた」

「憶えがあるんだね」

「それがな、あるようなないような、定かではないのだ。これまでさんざっぱら悪行を重ねてきたがゆえ、いつどこで誰に白刃を向けられるか知れん」

弥十郎は悪党として生きていることを、お富に隠していなかった。この女もどこか脛《すね》に疵《きず》持つ身なのだ。

「おまえさんは水臭いから、このあたしに何も喋らないだろう。だからそう聞かされてもねえ」

「おまえは何も知らなくていい」

「いつもそれだ。それじゃあたし、店へ行くからね」

お富は隣室へ行き、着替えを始めた。日の暮れから町内の居酒屋で働いているのだ。

背を向けたまま、弥十郎は鬱々《うつうつ》とした表情で酒を口に運ぶ。

やがてお富が出て行くと、弥十郎は深い溜息をついた。さらに飲みつづける。

(おれはいつも逃げている、それがおれなのだ)

やや焦燥《しょうそう》に駆られた内面の声がした。

五年前、東北のさる藩から脱藩し、妻子を捨てて関東一円をさまよう羽目になった。上役と諍《いさか》い、乱暴を働いたのだ。妻と子供二人に情愛を注ぐことはほとんどなかった。元より家族愛など持ち合わせていない男だ。好んでそうなったわけではないが、浪人となり、そういう境涯《きょうがい》に身を置くと、それはそれでどこかやすらぐものがあった。

宮仕えの堅苦しさから解放され、家族を養う義務からも逃れ、青空の下にぽつんと一人佇《たたず》むと、浮世もそれほど悪くないと思うようになった。身装《みなり》を武士から町人に変えたのもその頃だ。

やがて飢えと空腹には逆らえず、初めは街道で辻強盗を働いていたが、それでは間に合わず、一気に大金を得ようとした。甲州街道下布田五ケ宿の名主庄左衛門宅に押し入り、名主夫婦を手に掛けて百両の金を奪い、逃走した。ほかの家人には見向きもせず、況《ま》してや姉妹がいることなど知る由《よし》もなかった。

三年前に江戸へ流れ着いて、ひょんなことから百舌の龍之介と出会った。場所は賭《と》場《ば》だったが、そこで意気投合した。龍之介は弥十郎より年下で、町人でいながら底深い魅力を持った男だった。

龍之介はやはり弥十郎とおなじように諸国で悪行を働いていたが、元は江戸生まれの悪党なのだ。

豪胆に生きているつもりだったが、近頃はどこからか白刃で狙われているような気がしてならなかった。おなじ町内の別の長屋に、おのれを狙う喜和と八重の姉妹がいることなど、毛頭気づいてはいないのだ。

江戸での暮らしぶりに変化はないが、なぜかこのところ心落ち着かない日々がつづいていた。

油障子に人影が差し、「弥十郎」と呼ぶ声がした。

弥十郎が立って戸を開けると、百舌の龍之介がそこにいた。おしのび風に紫色の絹を気障《きざ》に被って、面体《めんてい》を隠している。

「こりゃお頭《かしら》、どうしなすった」

龍之介が単身で訪ねて来ることなど滅多《めった》にないから、弥十郎は驚きの顔になった。

家に上がり込むなり、龍之介はどっかと座って折り畳んだ紙片を弥十郎に突き出した。

それを見た弥十郎が目を剝く。

紙片の表書きには『白浪廻状《しらなみかいじょう》』と書き記されてあった。

「白浪廻状……」

不審な声で弥十郎が言う。

「どこの誰の仕業《しわざ》か知らねえが、盗っ人の誰々がいつどこそこに押し込むと書いてある。おれぁその昔にもそいつを見た憶えがある。押し込み先でかち合わねえようにとの気配りだと言う奴もいるが、ちゃんちゃらおかしいじゃねえか。ふざけるなってんだ」

龍之介は息巻く。

「これによると、駿河《するが》町の米問屋秋田屋《あきたや》が狙われてるみてえですが」

弥十郎が不可思議な口調で言った。

「おうさ、そんなことさせてなるものかよ」

「誰かが闇で、この白浪廻状を同業に触れ廻しているんですね」

「そうなんだが、いってえ何者がこんな余計なことをと、そこが気になるんだがよ」

「罠ってことは考えられやせんかい」

「だったら面白え、受けて立ってやろうじゃねえか」

「いや、そいつぁちょっと待って下せえ」

弥十郎はさらに紙片に見入り、

「これだと秋田屋に押し込みをかける盗っ人の名めえがござんせんが。お頭が以前に目にした廻状にはそれがあったんですよね」

「ああ、昔見たのには確かにあったぜ。けどそんなことはどうだっていいやな。おれは江戸中の盗っ人狩りをしてえんだ。丁度いいだろう」

「邪魔をしてやるおつもりで？」

「邪魔どころで済むものか。そいつらを一人残らず叩っ斬ってやりてえのさ」

弥十郎が考え込んだ。

「おい、怖じ気づいてんのか、弥十郎」

弥十郎がムッとした顔を上げ、

「今さら臆《おく》してどうするんで。それよりあっしはどっかできな臭い思いがしてならねえんですが」

「弥十郎、おれはやるぜ」

弥十郎がやや慌てて、

「お頭は若え。血気にはやる気持ちはわかりやすが、もう少し考えてみた方が。こんなものをこさえた奴を見つけ出さねえことには」

「秋田屋は大店《おおだな》中の大店だ。そこへ押し込むとしたら同業でも限られてくるじゃねえか。今の江戸でそういうことをするな、どこのどいつだと思う」

「さあ、あっしにゃ見当も」

「おれにゃ当たりがついてるぜ」

「何もんで？」

「黒猫だよ、黒猫」

「黒猫……」

「奴らならやりかねねえだろ。おれはずっとめえから黒猫が目障《めざわ》りで、なんとかしてやろうと思っていた。もし黒猫が企んでるとしたらこんな面白えことはねえぜ、弥十郎」

「へえ、そりゃまあ……」

「よし、決めたぞ。それによると明晩てことになっている。手下どもを駆り集めておけ」

三

翌日の昼下り、日本橋駿河町の米問屋秋田屋に、一人の見知らぬ老人が訪ねて来た。

秋田屋は駿河町の半分近くを占めているような大店である。

店先には荷駄が止まり、米俵の積み下ろしが行われていて、人足たちが威勢のいい声を上げている。

羽織袴《はかま》に身装を調《ととの》えた老人は、物腰をやわらかくして主《あるじ》和助《わすけ》への面会を頼んだ。

すぐに取り次ぎがなされ、帳場格子《ちょうばごうし》から老年の和助が何事かと立って来た。

老人はそれに対し、ちょいとお耳に入れたいことがと小声で囁いた。そういう含みのある言い方をされたので、和助は小部屋へ通した。

面と向かって対座すると、老人が早速《さっそく》切り出した。

「あたくしはお上《かみ》の御用を仰せつかっている者でして、名めえの儀はどうかご勘弁のほどを」

お上の人間と聞いて、和助は緊張すると同時に、詮索することをやめにして、

「それで、どういうことでございましょう」

「今宵、ここに賊が押し入るということがわかりましてな、まずは大旦那にお知らせを」

和助は仰天して、

「ま、待って下さい、そんなことを急に申されましても」

「事は急を要するんですよ」

「どうすればよろしいので。百人以上の店の者を避難させるのは並大抵《なみたいてい》のことじゃありませんが」

「承知しております。ですんで戸という戸に心張棒《しんばりぼう》をかって、厳重に戸締りをして貰

いてえんで。蔵の錠前も忘れねえようにお願いしてえ」

和助は不安を募らせ、

「戸締りだけでよろしいんですか」

「それで結構です、後はこっちでなんとか」

「わたくしどもを護って頂けるんですね」

老人は力強くうなずいて見せ、帰って行った。

隣室でやりとりを聞いていた一番番頭があたふたと入って来た。

「旦那様、今の話は本当なんでございましょうか。もしかして騙《かた》りってことも考えられませんかな」

「戸を開けとけって言うんなら騙りかも知れないけど、閉めとけって言うんだから本当だろうよ。今から戸締りに掛かっとくれ」

秋田屋を出た老人が、町辻の方へ鋭い目をやった。

そこに潜《ひそ》んでいた直次郎とお夏が、含みのある目でうなずき、すぐに姿を消した。

その老人こそ、置神の半兵衛だった。

三人は百舌一味をおびき寄せるためのひと芝居を、企んだのである。

四

夜四つ（午後十時）の鐘が、陰々滅々《いんいんめつめつ》とした響きで鳴っていた。

夜霧の向こうから、ザッ、ザッと土を蹴る音が聞こえ、十人余の男たちが秋田屋めざして、勇躍した足取りで駆けて来た。

男たちは全員が黒装束で長脇差を帯び、顔には鍋墨《なべすみ》を塗って面体《めんてい》を隠している。一人は戸を破るために斧《おの》を担いでいる。

一団が秋田屋の前にズラッと勢揃いした。表戸を破らんと、斧が振り上げられる。

その時、不意に一団の前に直次郎とお夏が現れて立ち塞がった。二人ともいつもの黒猫の姿で、黒装束だ。

「おめえたち、今宵の押し込みはなしにして貰うぜ」

直次郎が言うと、お夏も腕まくりして、

「さあ、通り名を言うのよ」

一団がざわつき、戸惑っているのがわかった。

直次郎とお夏は怪訝《けげん》顔で見交わし、つぶさに男たちの顔つきを見て愕然《がくぜん》となった。

どれも臨時雇いのへたれで、兇悪な賊とは思えなかった。

(やられた)

二人してそう思った。

直次郎が先頭の男の胸ぐらを取った。

「やい、これはどういうことだ。おめえたちは雇われだな」

男が怯え、困惑で答える。

「へ、へい、盗っ人の姿ンなってこのお店に押しかけろと言われやして。日当がいいんでつい引き受けちまいやした。誓って言いやすが、本物の盗っ人じゃござんせん。昼間は土手《どて》人足をしておりやす」

「そんなこと、誰に頼まれたの」

お夏が言って詰め寄った。

「知らねえ人です。おっかねえ顔の人でやんした」

後方から按摩《あんま》の笛が鳴り、直次郎とお夏がサッとそっちを見た。

笛は半兵衛で、その黒い影が立っていて、二人に今宵は立ち去れと手を振っている。

その背後には半兵衛の警護役の男たちが、ズラッと立ち並んでいた。

行きかける直次郎に、お夏が囁いた。

「どっかで見てるのよ、百舌の奴が」

「そうだろうな。おれたちの現れることを見越してやがったんだ。今宵は一杯食ったぜ」

一団をそこに残し、二人は立ち去った。

男たちはまごついていたが、やがて三々五々散って行く。

さらに遠くの闇のなかから、龍之介と弥十郎が一部始終を見ていた。

「やはり罠でしたぜ、お頭。危ねえとこだったじゃねえですか」

弥十郎の思案で、手下どもを駆り集めるのはやめにした。それが間違いではなかった。

「ああ、疑り深《ぶけ》えおめえに感謝してるよ。くそっ、あの二人が黒猫だな。追いかけてぶった斬ってやりてえや」

「いやいや、今宵はこれで幕引きと致しやしょう。ツキのねえ日はろくなことがありやせんよ」

弥十郎にうながされて龍之介が行きかけ、ふっと歩を止めた。

「どうなさいやした」

弥十郎が問うた。

「向こうの暗がりに大勢の野次馬がいたな。いいや、あれは野次馬なんかじゃねえ。黒猫の仲間かも知れねえ」

「黒猫は二人組って聞いておりやすが。現に今の二人こそがそうじゃねえかと」

龍之介は黙ったままで歩きだす。

弥十郎が後を追って、

「気になりやすね、あの大勢が。消え方も尋常じゃなかった。かき消すようにいなくなったんだ。妙ですぜ」

「奇妙な夜だよな、まったく」

そう言った後、龍之介が言う。

「下り傘問屋の方はどうだ」

「へっ、細工は流々《りゆうりゆう》、仕上げを御覧《ごろう》じろってことで。お頭しでえでいつでもどうぞ」

五

夜霧が払われ、満月が出ていた。

人けのない品川《しながわ》町裏河岸に、三つの人影が佇《たたず》んでいた。直次郎、お夏、半兵衛である。

「人でなしの百舌の野郎、乗ってこなかったな」

半兵衛が苦々《にがにが》しく言い、

「どっかにいたはずだが、おめえたち気がついたか」

「いいえ、まるっきり。でも隠れて見ていたのは間違いござんせんよ。命拾いしたと思ってるんじゃありませんか。人足どもを雇ったのは百舌の野郎でしょうから」

直次郎が言うと、お夏は悔しさを滲ませ、

「どっちにしろ、口惜《くちお》しいですよ、親方。百舌と一戦交えた末に、地に這う姿を見とうござんしたね」

「また振り出しに戻っちまったなあ」

「あの白浪廻状って、親方がお作りンなったんですか。あたし、そんなものあるなんて知らなかったから」

お夏が素朴に問うた。

「おう、そうだよ。随分めえからおれがやってるんだ。押し込みの計略が耳にへえると、廻状を廻すことにしている。盗っ人同士がかち合っちゃならねえと思ってな、初めはそんな気遣いからだったが、結構重宝《ちょうほう》されてるんだ」

そう言った後、天を仰ぐようにして、

「おれたちゃひっそりと闇に生きてるんだ。表立って争うことがあっちゃならねえのさ。でえちみっともねえじゃねえか」

直次郎は無秩序ばかりの盗っ人の闇社界かと思っていたから、妙なことに感心して、

「親方はやっぱり偉えや。そんなこと考える人なんておりやせんぜ。盗っ人の鑑《かがみ》ですよ」

「褒め過ぎよ、直さん。所詮盗っ人は盗っ人なんだから」

「けどよう」

「いいんだよ、お夏の言う通りだ。元よりおれたちは徒花《あだばな》よ。でけえ面《つら》して大通りを歩いちゃならねえのさ」

三人で深川にけえっていっぺえやろうぜと半兵衛が言うから、直次郎の方に断る理由はなく、受けようとすると、お夏が今晩は疲れて寝たいと言う。それで話は立ち消えとなった。

やがて深川へ辿《たど》り着いて半兵衛と別れ、阿弥陀長屋へ二人して帰って来て、お夏を寝かせてやろうと思い、直次郎が「明日またな」と言って自分の家へ入ろうとすると、

お夏が「飲まない？」と誘ってきた。

「なんだよ、だったらおめえ……」

理解できず、直次郎が口を尖らせると、お夏はさっさと自分の家へ入って酒の支度を始めた。

「親方になんか文句でもあるのかよ、あるわきゃねえよな。今日は百舌の炙《あぶ》り出しにひと役買ってくれたんだ。感謝こそすれ、酒を断る理由はねえはずだぜ」

「首尾はよくなかったけど、半兵衛親方には感謝してるわよ。明日改めてお礼をしに行くつもりンなってる」

「わけわからねえな、おめえの言ってることはよ。もう少し納得のいく説明はできねえのか」

お夏は「はあっ」とやるせないような溜息をつき、手酌《てじゃく》で酒を飲み、

「ああいう稼業の人が、時々こぼす言葉ってのが嫌なのね、本当のことだから」

「どのこと言ってんだ」

「所詮《しょせん》おれたちゃ徒花だって言ったでしょ」

「ああ、確かに」

「その通りだから嫌ンなるの、口にしなけりゃいいのにって思っちゃう。あたしたち

は徒花にゃ違いないけど、日陰の花のつもりはないのよ。ちゃんと日に当たって生きてるの、なめくじじゃないんだから。ほかの人たちとどこも変わっちゃいないわ」

「そう言うなよ、親方だってわかって言ってんだろうぜ」

「うん、百も承知でしょうよ。あたしたちにそれを聞かせるってことは、釘《くぎ》を刺してるつもりだと思う。もっとその奥底には、足を洗えって声が聞こえるような気がする」

「あの親方に二心《ふたごころ》はねえぜ、お夏」

「それもわかってる、だから今夜はやるせないのよ。親方、あたしたちのことを気遣ってくれて有難うと思う反面、余計なこと言わないでって突っぱねたい気持ちなのね」

「ま、まあ、おめえの言うこともわかるけどよ」

「飲もうよ、もっと」

「いや、もういいぜ、今宵は」

「あ、そう」

直次郎が席を立って戸口へ向かい、そこでまだ酒を飲んでいるお夏に振り返って、

「おめえ、青いな、いつまでも。青々としてるもんな」

「あたしが青いって？　だったらそれが大事なことなのよ、直さん。ここへ座って。じっくりやりましょう」

「酒癖悪いのか、おめえって奴は」

「くよくよとつまらない悩みが多いだけよ。それを聞いてくれるのは直さんだけじゃないのさ。さっ、座って」

お夏の誘いを無下《むげ》にも断れず、直次郎は帰るのをやめ、元の席に戻ってどっかとあぐらをかいた。

「よし、おれも飲むぜ。茶碗酒にしてくれねえか」

「どんぶり鉢でもいいわよ」

「樽《たる》で持って来い」

「うん、うん、ムヒヒ、そうこなくっちゃいけないわ」

弾みがついて、二人は差しつ差されつを始めた。やがてケタケタと、お夏の口から明るい笑い声がこぼれ出た。

ところが、酒徳利が軽くなり、そのうちいくら振っても一滴も出てこなくなった。

「嫌だわ、こんな時に。コン畜生めえ」

お夏が失望する。

「待ってな、おれが酒屋までひとっ走りしてくらあ」

「あんたン所にもないの？」

「ゆんべ政吉さんに飲まれちまったんだ」

そういえば、毎晩のようにお夏を含めて長屋の誰かと酒をつき合わされていた。

「ああっ、なんて間《ま》が悪いの」

その時、都合よく「酒ならあるぜ」と声がし、油障子を開けて政吉、岳全、捨三がぞろぞろと入って来た。

政吉は酒徳利をぶら下げている。

「まっ、有難いわ。皆さん、入って、一緒にやりましょう」

招じ入れたお夏が、ふっと疑問を感じて、

「えっ、どうして都合よくお酒を？　表で聞いてたの」

三人はにやにや笑って説明せず、酒盛りを始めた。

（この人たちには家の囲いなんて無用なんだわ。いつでも筒抜けみたいな気がするのね）

お夏がめげた。

六

初糸は弁天長屋の一軒に越してきて、荷を解《と》いていた。

荷といってもまともな家財道具などあろうはずもなく、ほとんどが衣類で、後は細々《こまごま》とした生活道具だけである。

木賃宿暮らしをつづけていたのだから、必要最小限のものしかないのは当然だ。余《よ》所目《そめ》からはなんと映るだろうか。

大事な人生を、女盛りを、仇討に費やして惜しいと思う人もいるかも知れない。しかしかならずや本懐を遂げると天地神明《てんちしんめい》に誓ったのだから、なんの疑念も持ってはいない。父の無念は昨日のことのように甦《よみがえ》り、初糸のなかでは決して古びることはないのだ。

仇討を果たした後、人殺しと見做《みな》されるのか、あるいはお上より天晴《あっぱ》れと褒められるかは、神のみぞ知ることである。

荷解きをしているうちに、柘植弥十郎から負わされた疵から微《かす》かに血が滲んできた。薬箱から晒《さら》し木綿《もめん》を取り出し、新しいのに取り替える。

喜和、八重の姉妹に手を貸し、弥十郎を締め上げて、百舌の龍之介の居場所を突きとめたい。

当面、それが切なる希《のぞ》みだった。

そこへ人目を忍ぶようにして、妹の八重が油障子をそっと開けて家へ入って来た。

「初糸さん、よい知らせなのですよ」

そう言うから、初糸は目を光らせ、

「どうしました」

「柘植が少し前に源七長屋から出掛けたのです。行く先はわかっております。同居しているお富という女に、下谷《したや》方面へ行くと言ったそうです」

「お富本人から聞いたのですか」

「いいえ、お富が長屋の住人に話しているのを姉が耳にしたのです」

「ああ、それなら」

「姉が追っていますので、初糸さんと手を取り合って彼奴《きやつ》をひっ捕えてやろうと、それでお知らせに。姉との落ち合い場所は不忍池《しのばずのいけ》です」

「よく知らせて下さいました。すぐに参りましょう」

初糸は八重を待たせ、身支度を整えた。懐剣か小太刀《こだち》か迷ったが、小太刀を取った。

弥十郎は並々ならぬ相手なのだ。

下谷へ行く途次《とじ》、初糸は張り詰めた気持ちながら八重に尋ねた。

「八重さん、仇討が無事に済んだ暁《あかつき》にはどうするおつもりですか。それを聞かせて下さいまし」

八重は答える。

「お定めに則《のっと》り、町奉行所に自訴します。姉妹揃って名と身分、出自《しゅつじ》などを隠すことなく明かし、柘植弥十郎の押し込みの件を公にした上で、事の理非《りひ》をお上に問うつもりでおります」

「それは結構ですわ。でもわたくしは仇討が済んだところで姿を消します。弥十郎から聞き出した龍之介の行方を、追わねばなりませんので」

「承知しております。初糸さん、共に本懐を願いましょう」

七

直次郎とお夏は、仙台堀の置神の半兵衛の家の近くに佇んでいた。目の前の堀を小舟が通って行く。

半兵衛の家のなかからは、珍しく賑やかに子供の声がしている。お滝の娘が幼な子三人を連れて遊びに来ているのだ。

格子戸が開いて半兵衛が出て来た。一番下の子を片腕に抱いている。

「待たせたな」

直次郎とお夏は揃って頭を下げ、直次郎が「早速ですが」と言って、袂《たもと》から結び文を取り出した。

「今朝ンなって、お夏の所に投げ込まれてあったんでさ」

今朝、お夏が起きて土間へ下りると、そこに結び文が投げ込まれてあったのだ。

半兵衛が書きつけを手にして見入り、二人へ鋭い目を向けた。

「これが、どうして」

お夏がかぶりを振って、

「あたしたちのことを知る人間がほかにいるんですね」

直次郎もうなずき、

「白浪廻状は親方だけかと思ってましたよ」

「そのはずだがよ、こいつぁおれは書いてねえぜ」

直次郎はお夏と見交わして、

「それじゃ、いってえ誰が」

「さっぱりわからねえ、おれじゃねえことは確かだ」

「けど親方のほかに廻状を出す人なんているわけが」

半兵衛は考えていたが、

「まっ、それはともかく、二人ともこの中身をどう扱うつもりだ」

それにはお夏が答えて、

「それによりますと、百舌一味が今宵室町の下り傘問屋の遠州屋に押し込むとあります。ですんで裏を取って、それなりに。一味に金輪際《こんりんざい》夜働きはさせません」

「そうか、じゃ頼まあ。気をつけてやるんだぞ」

二人が承知して身をひるがえした。

「あっ、おい」

手のなかにある書きつけを翳《かざ》して半兵衛が言った時には、二人は立ち去っていた。

行き場を失った書きつけに、半兵衛はもう一度見入った。

それには百舌一味が今宵押し込むことが記されてあった。書いた者の名はなく、これまでの廻状の作法からは外れていた。それだけに直次郎たちは半信半疑で半兵衛の元へ来たのだ。

お滝が家から出て、寄って来た。

「あのお二人さん、もう帰っちまったんですか」

「ああ、そうだよ。急な用でな」

「どんな」

「さあな」

半兵衛は惚《とぼ》けてみせるが、お滝を見る目には含むところがあった。

八

不忍池の周辺に人けはなく、静謐《せいひつ》を極めていた。

空はどんよりと曇って、今にも降りだしそうだ。

初糸と八重がやって来ると、木陰で待っていた喜和が小走って姿を現した。

「初糸さん、よく来て下さいました」

「早速弥十郎を締め上げましょう。わたくしの知りたいことが得られたら、おまえ様方の仇討に手を貸します。弥十郎を一気に仕留めるのです」

喜和と八重が共に「はい」と答え、緊張の面持ちでうなずいた。

「こちらへ。柘植は妙な所に入り込んだのですよ」

喜和が言って案内に立ち、初糸と八重がしたがった。

不忍池から離れ、下谷寺町の車坂へ出た。寛永寺《かんえいじ》の寺社群を縫ってしばらく行くと、叢林《そうりん》としたなかにぽつんと荒れ寺があった。

山門は苔むして崩れかけ、樹木は繁って本堂の屋根など隠れてしまっている。明らかに無人寺のようだ。

初糸が山門を経て寺地へ入って行き、怪訝な思いがしてふっと振り返ると、姉妹の姿はいつの間にか消えていた。

（え、なぜ……）

面妖に思って辺りに目を走らせるも、やはり二人はどこにもいない。

本堂の方で人の気配がしたので、初糸が勇《ゆう》を鼓《こ》してそっちへ向かった。しかし広い本堂に人影はなく、まだ昼なのに燭台に一本の蠟燭《ろうそく》だけが不気味に灯って揺らめいていた。

初糸は奇異な思いに囚われた。油断なく見廻すも、しかし何事もない。どこかに人為的な、作為の匂いがする。

背後に気配がし、動きを止めた初糸が鋭く振り返った。その時には小太刀を抜き放って突きの態勢になっていた。

弥十郎が懐《ふところ》手で立っていて、残忍な笑みを浮かべている。

「おまえが初糸か」

弥十郎に言われ、初糸は束の間混乱した。なぜこの男が自分の名前を知っているのか。

「喜和さん、八重さん」

初糸が声高に姉妹を呼んだ。

だが二人は消えたままだ。

「ほう、すこぶるつきではないか」

そう言って、弥十郎は初糸の肢体を眺めながら、

「おまえは長門国清末藩なる家中の出らしいではないか。父親はそこで中老を務め、御家《おいえ》の屋台骨を支えていた。そうだな」

姉妹にだけ打ち明けた話の内容を、どうしてこの無頼《ぶらい》が知っているのか。初糸は理解に苦しんだ。

「その方《ほう》如《ご》き《と》がなぜ知っている。誰から聞いた」

「おまえが信じ込んでいる喜和、八重の姉妹からに決まっておろう」

「ええっ」

衝撃にめまいを起こしそうになった。姉妹が仇と狙うこの男に、初糸の秘密を話すわけがない。

「たわけたことを申すな。わたくしを愚弄《ぐろう》しているのか」

「愚弄などとんでもない、むしろ恐れ敬《うやま》っているぞ。女一人の身でよくぞ今日まで。大変だったであろう」

侮蔑《ぶべつ》を表し、うす笑いで言う。

「黙れ、義によってその方を討ち果たしてくれん」

初糸が小太刀を正眼に構えた。

その時、破《やぶ》れ襖《ぶすま》を荒々しく開け、喜和と八重が姿を現した。共に匕首《あいくち》を手にしている。

「どこへ行っていました」

弥十郎から目を離さず、初糸が言った。

喜和は別人のような冷酷な目になり、

「おまえ様から隠れて、様子を見ておりましたのさ」

初糸は烈しく動揺する。

「なぜ、なんのために。ここにいる男はおまえ様方の仇敵ではないのですか」

「それはね、みんな嘘なの、作り話なのよ。つまりこの人が仕組んだことなのね。あんたはあたしたちの話をなんの疑いもなく耳に入れた。お人好しもいいとこだわ。あたし、もうおかしくっておかしくって」

蓮《はす》っ葉《ぱ》な言い方になって、八重がクスクスと笑った。喜和も皮肉な笑みになっている。

「どういうことなのか、わかるように説明しなさい」

誰にともなく、初糸が強い口調で言う。

弥十郎が語る。

「おまえは室町の下り傘問屋から、初めてこのおれの前に姿を見せた。やがて後をつけて源七長屋を突きとめたのだ。そこでおれは画策《かくさく》した。おまえが何者か知らぬが、罠に嵌《は》めてやろうとな。弁天長屋にはおれの情婦であるそこな二人がいる。言い含めてひと芝居打ってやった。おれを仇と狙う姉妹に化けさせてな。二人は姉妹でもなんでもないのだ」

「おのれ……」

初糸は冷たい怒りが突き上げてきて、三人を睨み廻した。

「おれが甲州街道下布田五ケ宿の、名主庄左衛門の家を襲ったのは本当の話よ。ずっと昔のことだがな。そこに姉妹などおらず、おれが斬り殺したのは名主夫婦と、居合わせた小作人の何人かだ。どうだ、まんまと騙されたであろう」

初糸が切歯《せっし》しながら、

「おまえが頭《かしら》と仰ぐ百舌の龍之介に、会わせて欲しい。それこそがわたしの仇敵なのだ」

八重がせせら笑って、

「あたしたちもその人のことは知らないんだけどさ、あんた、いい加減仇討なんてやめたらどうなの。まっ、やめたってもう遅いんだけどね」

「左様《さよう》、時すでに遅しなのだ」

弥十郎が長脇差を抜き放ち、喜和と八重に目で去れと合図を送った。

二人はうなずき、すばやく身をひるがえして消え去った。

弥十郎が長脇差を八双に構え、怒号を上げて初糸に突進した。

初糸が必死で応戦する。両者の脚と脚が入り乱れて交錯した。白刃と白刃が烈しく闘わされる。燭台の蠟燭が切られて落ちた。

初糸が腐った床を踏み、足場を崩した。ぐらついて小太刀が揺れる。その間隙を縫って弥十郎が長脇差で小太刀を払った。小太刀は落ちて遠くへ飛ぶ。すかさず弥十郎が初糸に飛びかかった。

「あっ、何を。よさぬか」

初糸が必死で抗《あらが》う。

弥十郎は凌辱せんと馬乗りになると、初糸の着物の裾をまくり上げた。白い腿《もも》が晒される。そこにある女郎蜘蛛《じょろうぐも》の彫物を見て、さすがの弥十郎が目を剝いた。

「なんとしたことだ、おまえ、何者だ」

一瞬怯《ひる》む弥十郎を突きのけ、初糸はその手から逃げた。小太刀だけを辛うじて拾い、こけつまろびつしながら逃走を図った。

追いかかる弥十郎もまた腐れ床を踏み、よろめいた。

「くそっ、おのれ」

九

静かな寺社地のなかを、喜和と八重は足早に歩を進めていた。

「こんなにうまくいくとは思わなかったわ」

八重が興奮して言えば、喜和も喜色で、

「弥十郎様からご褒美《ほうび》がたんと貰える。あたしのお芝居、上出来だったでしょ。誰が見ても悲劇に見舞われた名主の娘だった」

「ああら、腕はあたしの方が上よ。つつましやかな名主の娘はあたしがぴったりだった」

「そうかしら」

「そうよ」

八重はそう言った後、

「あの初糸って人、どうなるの」

「知らない。どうせ弥十郎様の生贄《いけにえ》になって手駒の一人になるんじゃない、あたしたちみたいに」

「手駒だなんて思ってないわよ、あたしは。弥十郎様にいい思いをさせて貰って、こんな結構な人はいないんだから」

「それはあたしもおなじよ。もうあんな旅廻りの一座に戻るのだけは御免だわ」

「うん、貧しくって、並の苦労じゃなかったものね」

草を踏む音がし、突如追いついた初糸が現れた。

二人が青くなって仰天《ぎょうてん》する。

「あ、あんた、何しに来たの」

喜和が言った。

「あんた方を責めたって仕方ないわね。でもこれだけは言わせて。人を欺《あざむ》くと、後でそのつけが廻ってくるのよ。あんな悪い男のいいなりになって生きるのはやめなさい」

二人は何も言えずに押し黙っている。

やがて八重が、初糸の顔色を窺《うかが》いながら言った。

「あんた、あたしたちを斬りに来たんじゃないの」

「斬るには値《あたい》しないわ。どこかほかへ行くのね。次にまた会ってこんな悪いことしていたら、今度は斬るわ」

二人が身を竦《すく》める。

初糸は見向きもしないで立ち去った。

十

そこは料理屋だった大きな家で、龍之介が隠れ家として居抜きで買い取ったものだ。

大広間では二十人ほどの手下たちが、押し込みの身支度をし、長脇差や竹槍などの武器の手入れに余念がない。

弥十郎が別室で抜き身の長脇差に見入っていると、龍之介が入って来た。

「おい、今宵のお務めでおれぁしばらく休むぜ」

「へえ、休んでどうなさるおつもりで」

白刃から目を離さず、弥十郎が言う。

「江戸を離れてどっか湯治場《とうじば》へでも行きてえと思ってな、つき合わねえか」

「そいつぁようござんすがね」

含みのある言い方だ。

「なんだ、障《さわ》りでもあるってか」

「ひとつお耳に入れておきてえことが」

「どんなことだ」

「お頭を狙ってる女がおりやす」

「名めえはわかってんのか」

「初糸とか」

「初糸……」

知らない様子だ。

「長門国清末藩一万石の外様小藩で、藩祖は毛利家とか。そこで中老を務めていた男をお頭は斬りなすった」

「なんだと」

龍之介が動揺した。

「身に覚えは」

「中老を斬ったことは間違いねえ。その縁《ゆかり》の女なのか、初糸ってのは」

「見目麗《みめうるわ》しい美形でござんしたぜ。初糸は中老の娘なんですよ」

「はあて、憶えがねえが……いや、今さらおめえに昔の悪行を隠すつもりはねえ。本当に知らねえんだ」

「初糸の大腿《ふともも》にゃ女郎蜘蛛の彫物がござんした」

「女郎蜘蛛だと」

龍之介の目が邪悪に光った。

「おめえは見たのか、その彫物を」

「手込めにしてやろうと思って争っているうちに、着物をまくったらそれが目に飛び込んできたんでさ。もうびっくりしたのなんの」

龍之介の顔色が変わっていた。

「思い出したみてえですね」

押し黙ったままの龍之介が酒徳利を引き寄せた。

それを弥十郎が押し止めた。

「お務めの前に飲むのは御法度《ごはっと》じゃねえですか、お頭。けえってからにしやしょうぜ。あっしもつき合いまさ」

弥十郎の言葉を聞かず、龍之介は構わずに酒を飲む。

「お頭、よほどの思いがおあんなさるんで」

「思い出したぜ。その彫物はおれが女に入れさせた。八年めえ、おめえと出会うめえのこった」

弥十郎が苦笑する。

「女の名めえも何も忘れていたくせに、彫物で思い出すとは。こいつぁ面白えや。いや、お頭らしいのかも知れねえや」

「初糸はおれを仇と狙ってるんだな」

「へえ、一途《いちず》にそう思い込んでるみてえで。いつ、どこから突かれるか知れやせんよ」

「会いてえなあ」

「へっ？」

「初糸によ、会ってこの腕にもう一度抱きてえ」

「およしなせえ。抱かれる白い躰の下に、白刃を隠してるような女なんですぜ。只の武家女とは違えやす」

「けえり討ちにしてやるさ。首を斬り落として日本橋に晒してみせらあ」

「まっ、そいつぁさておき、夜更けンなったら室町の遠州屋に押し込みをかけるんでさ。ようござんすね」

「そこにも一人娘がいるんだよな」

「へえ」

「たまらねえな」

「手込めにして手なずけた揚句、その娘にも彫物を入れやすかい」

弥十郎が暗い戯《ざ》れ言《ごと》を言った。

「うふふふ、どうするかなあ。こうなってくるってえと、湯治場なんぞどうでもよくなってきたぜ」

龍之介は暗い目で酒を呷《あお》った。

戦場に向かう荒武者の顔になっていた。

第五章　女の争い

一

その夜の半兵衛は黙りこくって酒を飲み、お滝は気詰まりな思いで酌《しゃく》をしていた。

いつもはそんな気難しい男ではないのだが。

しかしお滝の方にも心覚えがあるから、余計なことは言うまいと戒《いまし》めている。

「太一《たいち》も多助《たすけ》もよく育っているな」

昼間、本所《ほんじょ》から遊びに来ていたお滝の孫の話題を半兵衛が出した。

お滝は小さく笑ってうなずく。

「これからいろいろと、あっちこっちで祭りがあるよな。あいつらも忙しくなるんじゃねえのか」

「へえ、そうですね」

「てえことは、おれもそれにつき合うから忙しい思いをさせられるんだ」

「すみません、おまえさんには感謝感激雨霰《あられ》ですよ」

「よせよ、おれぁ他人の子とは思っちゃいねえぜ。血の繋がりはなくとも、孫に変わりはねえやな」

お滝は無言でそっと頭を下げる。

「三日めえ、道で喜八《きはち》を見かけたぜ。向こうはこっちに気づかねえで行っちまったがよ」

不意に半兵衛が話題を変えた。

「おめえに会いに来たんじゃねえのかい」

「え、あっ……」

お滝はそわそわとなって、曖昧《あいまい》な笑みを浮かべる。

「お滝よ、わかってるんだぜ、おれには。喜八はおめえの親類筋だが、不幸があって今は独《ひと》りだ。それをおめえは陰で助けてやっている」

「おまえさん」

言いかけるお滝を、半兵衛は遮《さえぎ》って、

「そのことに文句をつけてるんじゃねえ。こたび、喜八はおれの目を盗んであることをやりやがった」

お滝はうなだれ、黙り込む。

「わかってるだろうが、白浪廻状だよ。喜八はその偽物を出したのさ。おめえの入れ知恵だとおれぁ睨んでるんだ」

お滝は膝で後ずさり、両手を突く。

「御免なさい。何もかもお見通しだったんですね」

「あた棒よ、おれを見くびっちゃいけねえやな」

喜八は今は亡きお滝の兄の子で、棒手振《ぼてふ》りの魚屋だったが、百舌一味にわが子を半殺しにされていた。子供は十六で、不幸にも一味が押し込みを働いていた現場に居合わせ、口封じに乱暴されたのだ。喜八の女房は早死にで、今は疵《きず》の癒《い》えた子供と二人で暮らしていた。ゆえに喜八は怨みひと筋に生きていて、それでお滝から黒猫の二人組の話を聞き、白浪廻状を廻して怨み晴らしをもくろんだのである。

「気に入らねえな、おれに黙ってそういうことをやったからよ。差しで相談してくれりゃいくらでも話に乗るのによ。水臭えぜ」

「許して下さいまし な、正直言いますと喜八はおまえさんが怖くってとてもそんなことはできなかったんです。黒猫さんのお二人とおまえさんが手を組んだ話をあたしがしましたら、是非とも頼んでみようと。白浪廻状の話を持ち出したのはこのあたしで、喜八はそんなこと知りもしませんでした。それであのお二人さんに、藁《わら》にも縋《すが》る気持ちで」

裏渡世のことを知っていて、喜八はふだんは半兵衛に近寄らないようにしているのだ。

「そんなこったろうと思ったぜ。いいよ、おれが承知した。奴らならきっちりやってくれるだろうぜ。吉報を待とうじゃねえか」

お滝は昂《たかぶ》り、われを忘れたように手酌で酒を飲み、

「よかった、おまえさんに見破られて。いつどこで話そうかと、くよくよしてたんです」

「古めかしい女だな、おめえって奴は」

「これしか生きる術《すべ》はないんですよ。不器用なんです」

「そうは思ってねえぜ。おめえはいい女なんだ、おれにもっと甘えろよ」

半兵衛は慈愛の籠もった目になり、見られてお滝は年甲斐もなく、羞恥《しゅうち》で頬を染めた。

二

濃密な夜の帷《とばり》が下り、不気味な静寂が町を支配していた。

室町一丁目の下り傘問屋遠州屋の屋根瓦《がわら》を踏んで、三人の黒い影が音を忍ばせてやって来た。黒装束に身を包み、長脇差を背に括《くく》った百舌一味の手下どもだ。

それらが二階の両開き窓をこじ開け、窓から押し入ろうとした。先駆けとして逸早《いちはや》く家のなかに入り込もうというのだ。

するとと先頭の一人が「ううっ」と悲鳴を上げた。内部に伏兵がいて、白刃《しらは》で肩の辺りを突いてきたのだ。他の二人は何が起こったのかわからずに動揺した。次いで矢継《やつぎ》早《ばや》に白刃が繰り出され、二人とも見えない敵に剣先で足や手を突かれた。

三人は恐慌をきたし、さりとて声を出すわけにもゆかず、そうこうするうちに足許を誤って裏庭の方へ次々に落下して行った。

家のなかにいた見えない影が、窓から顔を覗かせた。盗っ人装束の直次郎である。

その時、表戸の方で鉞《まさかり》で荒っぽく叩く音が響いた。

龍之介、弥十郎と一味が総勢二十人近く、集結していた。表戸が破られるや、龍之介が鋭く下知した。

「それ、行け」

押し込みかけた一味が、しかしギョッとなって二の足を踏んだ。

店土間に御用提灯《ごようぢょうちん》がズラッと並び、五十人余の町方同心、捕方《とりかた》らが十手《じって》を突き出していたのだ。

「あっ、くそっ」

龍之介がすぐさま退却を命じ、勢いを得た役人たちが一斉に殺到した。たちまち烈《はげ》しい乱戦となる。暴れまくる手下どもが六尺棒で打たれ、あるいは十手で叩かれてもんどりうった。次々に手下どもは組み伏せられ、捕縛されて行く。

龍之介と弥十郎は役人たちを蹴散らし、猛然と逃げた。追いかかる役人の一人が龍之介に斬られて疵を負った。

屋根上に直次郎とお夏が姿を現し、身軽に跳んで龍之介らの追跡を始めた。下方の地面に音もなく着地し、二人は走る、走る。

その日の昼下りにお夏は結び文をこさえ、臨時廻り同心の岡部金之助の手に渡るように仕組んだ。それには今宵の百舌一味の押し込み先が書いてあり、仰天した岡部は定廻り同心らにそのことを知らせた。それであっという間に包囲網が布《し》かれ、遠州屋にも知らせが行き、今宵《こよい》の捕物となったものだ。店の者たちは、土蔵のなかでひと塊《かたまり》になって息を殺している。

北鞘町河岸《きたさやちょうがし》を、龍之介と弥十郎は地を蹴って逃げて行く。その先には一石橋《いっこくばし》があった。

突如、追尾する直次郎とお夏の前に魔物のような大きな黒い影が立ち塞《ふさ》がった。身の丈六尺有余の大男で、天狗《てんぐ》の面を被《かぶ》っている。

さしもの二人も、身の毛のよだつ思いがして立ち竦《すく》んだ。

その間に龍之介らは遠くなって行く。

天狗面が諸手《もろて》を広げ、唸り声を上げて近づいて来た。

お夏が慌てた。

「なんなのよ、直さん」

「新手《あらて》の用心棒だろうぜ、怖れることはねえや」

直次郎が大男に勢いよくぶつかって行く。だが軽く投げ飛ばされ、板塀で背を打った。

「畜生」

歯嚙みしながらお夏も大男に体当たりする。

だが、結果は直次郎とおなじだった。

天下の黒猫組も歯が立たない。

こんな時、刃物は使いたくないから、二人は暗黙で見交わすと態勢を整え、さらなる意気込みを持ち、素手で大男に立ち向かった。

大男は受けて立つ構えで、唸りながら四股《しこ》を踏んだ。それで相撲取《すもうと》りだと素性がわかった。

直次郎が地を蹴って跳び、大男に足蹴りをくらわせた。しかしその胸板は厚く、びくともしない。

「くそっ」

熱くなった直次郎が大男に組み打った。だが力業《ちからわざ》は及ばず、またもや投げ飛ばされた。

お夏が駆け寄り、直次郎にすばやく囁《ささや》く。

「こんな奴放っといて、肝心要《かんじんかなめ》を追いかけよう、直さん」

「右におなじだ」

二人が大男の脇をすり抜けて突っ走ろうとした。だがそうはさせじと、大男は機敏に動いて二人の邪魔をする。手強《てごわ》いを通り越して歯が立たない。

そうこうするうちに、大男の張り手が直次郎とお夏の頰につづけざまに炸裂《さくれつ》した。

三

対岸に日本橋を臨む地引河岸《じびきがし》の暗がりに、龍之介と弥十郎は潜《ひそ》んでいた。

逃走先を、一石橋から東へ向きを変えたのだ。

「でえ丈夫なのか、あのくそでけえのは」

「尋常な奴と違《ちげ》えやすからね、もしかしたら黒猫どもを叩きのめしてくれるんじゃねえかと。まっ、今宵は腕試しってことで」

「おれたちの素性は言ってねえんだろうな」

「でえ丈夫でさ。奴《やっこ》さん、金に目が眩《くら》んで聞きもしませんでしたよ」

龍之介は悔しさに天を仰《あお》ぐようにして、

「それにしてもよう、いってえなんてえこった。またしても黒猫かよ」

吐き捨てるように言うと、弥十郎は落ち着いた声で答える。

「へえ、面はわかりやせんでしたが、若え男と女の組み合わせでござんしたね。間違いありやせん」

「おれたちの動きがどうして漏れた」

「たぶんあの闇の爺さんの差し金じゃねえかと」

「置神の半兵衛だな」

「さいで。置神はあっしらを目の敵《かたき》にしておりやすからね」

「…………」

龍之介が口を噤《つぐ》んだ。

「どうしやすね、これからもあるこってす。この際黒猫も置神もぶっ潰しておかねえと、先行きがしんぺえですぜ、お頭《かしら》」

「わかってるよ、みなまで言うな」

「へい」

「手下どもがどうなったか知らねえが、あらかた捕まっちまったろう。百舌一味は総崩れじゃねえか」

「ごしんぺえには。代りはいくらもおりやすよ。百舌に入りてえ輩《やから》は後を絶たねえんだ。次のお務めが決まったら、あっしがあぶれてる連中にひと声掛けて召し抱えやさ」

「目星はあるのか、次のお務め」

弥十郎がうなずき、

「神田佐久間町に、ちょいと風変わりな分限者《ぶげんしゃ》を見つけてありやさ」

「なんでえ、風変わりな分限者とは」

「そいつぁお楽しみってことで」

「わかった、おめえのやることに文句はつけねえよ」

「湯治場へ行く話はどうなりやした」

「あれはやめだ。今宵こんな目に遭って、とてもそんな気分にゃなれねえや」

「今宵はどこに落ち着きやすね」

「日本橋界隈がいいだろう」

「そう言われても、お頭にゃ隠れ家がいくつもあるんで」

龍之介はうすら笑いを浮かべ、

「どの町にも女がいるからな、おれだって決めかねてるんだ。おめえはどうするんでえ」

「あっしの方はどうもこうも変わりようはありやせんが」

「そういや、おめえ若え娘っ子二人を世話してるな。あいつらとはまだつづいてるのか」

「へえ」

「どういう素性の娘どもなんだ」

弥十郎は面食らって、

「な、なんだってそんなことを」

「まっ、いいじゃねえか、隠し立てしねえで教えなよ」

「隠してるつもりはござんせん。二人は旅廻りの一座におりやしてね、そこが潰れて江戸に出て来て、つるんで悪さを始めたんでさ」

「どんな悪さだ」

「騙《かた》りですよ。人が同情するような嘘っぱちを並べて気を引き、口八丁手八丁で金を巻き上げていたんでさ。時には色仕掛けも厭《いと》わねえとか」

「ふうん、そうかい」

「それが何か」

「おれぁ一度だけ娘っ子たちを見たことがある。うさん臭えと思っていたら、とんでもねえ姿を目にしたぜ」

龍之介が聞き捨てならないことを言う。

「えっ、そりゃいってえどんな」

「二人が話し込んでいる男がいてな、そいつはおれも知っていたから内心で驚いた。相手ってなお上《かみ》の手先だったんだ」

「そ、そんな……」

弥十郎は驚き、面食《めんく》らって絶句する。

「おめえの世話になりながら、娘っ子二人はお上と通じてたんだ。廻し者かも知れねえなあ」

弥十郎が押し黙った。

「悪いことは言わねえ。おめえもそろそろ身辺の片付けを考えた方がよかねえか」

「へえ……」

生《なま》返事だ。

「お富とかいう情婦はどうなんだ」

「お富ですかい」

「おめえとは夫婦同然なんだろ」

「へえ、確かに。けどあの女は別格ですよ。切っても切れない腐《くさ》れ縁《えん》てえやつですから」

「弥十郎よ、女は信用できねえんだぞ。入れ込んで寝首を掻かれるってこともあるんだ」

「よっくわかっておりやす」

龍之介はうす笑いで、

「小腹が減った、そこいらでちょいと腹拵《はらごしら》えをしていかねえか。先々のことをじっくり話し合おうぜ」

「承知しやした」

龍之介が先に立ち、弥十郎がしたがった。

「それにしても、黒猫には腹が据《す》えかねるじゃねえか。どうにかならねえのか、弥十郎」

「見つけ出して息の根止めやすかい」

「おう、そうしてくれよ。こいつぁおれの命令だと思ってくれ」

「わかりやした」

四

男たちは仕事に出掛け、昼の弁天長屋は静まり返っていた。

喜和と八重が向き合って座し、まるで仲のいい姉妹のように、自堕落《じだらく》に昼から酒を飲んでいる。

「どうしようもないわね、あたしたちって」

八重が言うと、喜和はきょとんとして、

「あら、どうして」

「だって外が明るいのに、お酒なんて」

「やることがないんだから仕方ないわよ」

「実はさ、お足が乏しくなってきたのね、なんとかしないといけないわ」

金の管理は八重に任せていた。

「そうおいそれとは転がってないでしょ、お足だけは」

「うん、そりゃわかってるけどさあ」

八重は溜息をつき、ぐびりと酒を飲んで、

「どうしちゃったのかしら、弥十郎の旦那。あたしたちの前にちっとも顔を見せないじゃない」

「捨てられたのかも知れないわよ。だってあたしたちを世話してると金がかかるものね」

「もう情けをかけてくれないのかなあ」

「わからないわね、あの人の胸の内だけは」

「もし捨てられたのだとしたら、これからどうやって食っていく」

「また元に戻って、人を騙《だま》くらかすしか手はないわよ。二人してそれでやってきたんだからさ」

油障子に人影が差し、「御免よ」と女の声がした。

突然なので二人は怪訝《けげん》に見交わし、喜和が立って行って戸を開けた。

お富が腕組みしながら突っ立っていて、家のなかを露骨な目で覗いている。弥十郎を探しにでも来たのか。

「あんた、お富さんだったわね」

喜和に言われ、お富はうなずいて、

「入ってもいいかえ」

「どうする」

喜和が振り返って八重に問うた。

「なんの御用？」

八重が警戒の目になって言った。

許しも乞《こ》わず、お富は入って来て図々《ずうずう》しく座敷へ上がり、

「どうしてるの、あんたたち」

煙草《たばこ》入れを帯から引き抜いて言った。

二人は戸惑い、お富の真意を探るように見て、

「あたしたち、あんたのことは知っていたけど、口を利いたことはないわよね。おなじ弥十郎旦那の仲間と思えばいいんだろうけど、本当のところを言うとちょっと油断ができないじゃない」

八重があからさまな言い方をすると、喜和も同感で、

「弥十郎旦那から何か言われて来たの？　お富さん」

「そうじゃないわ、あたしの胸三寸よ」

「どんな胸三寸なの」

喜和が突っ込む。

お富はそれには答えず、煙草盆を引き寄せて勝手に火をつけ、紫煙を燻《くゆ》らせて、

「行方《ゆくえ》をくらましちまったのよ、弥十郎の野郎。ここにいるんじゃないかと思って来てみたんだけど」

喜和が「来てないわ」と答える。お富が弥十郎を呼び捨てにするから、二人は溝《みぞ》を

感じている。

「あんたの所にも寄りつかないのね」

　喜和が言った。

「あいつは悪党だからさ、どっかでマズいことでもあったんじゃないかと、そう思っていたけど……」

　お富が言葉を途切れさせたので、八重が眉間に皺《しわ》を寄せ、

「何よ、違うの」

「どうもそうじゃないみたいでね。今までは何があろうとかならず戻って来ていたのよ」

「愛想づかしをされたんじゃない」

　喜和が言えば、八重は底意地の悪い目になって、

「だってあんたは幾つなの。大年増じゃないのさ。しつこいから、飽きられたって不思議じゃないわよ」

「おまえさんたちだってどうなのさ、あたしとおんなじに捨てられたのかも知れないわ」

　喜和と八重は険悪な目を見交わす。

沈黙が流れた。

「それで、あんた何しに来たの。何を言いたいのよ」

喜和が聞いた。

「山分けしようと思ってさ」

「なんのこと、山分けって」

八重は興味津々《しんしん》となって言う。

お富が紫煙に目を細めながら、

「お足に決まってるだろ。あたしは知ってるんだ、弥十郎の隠し金のこと」

喜和と八重は鋭い反応で見交わす。

「旦那が金を隠してるっての?」

八重が言うのへ、お富はうなずき、

「そうさ、どっか別の場所にね」

「別の場所?」

喜和が問い返す。

「ああ、そうさ。ずっと以前にあの人が大金を持ってるのを見たことがあるんだ。すぐにほかへ移したみたいだけど。それを手に入れようと思ってさ、見つけ出してあんたたちと山分けしようと。悪い話じゃないだろ。どうせ元は悪銭なんだからさ」

「裏切るのね、弥十郎の旦那を」

喜和の言葉に、お富は含みのある目でうなずく。

娘二人は、そこに抜き差しならないものを感じた。

五

阿弥陀長屋のお夏の家に、熊蔵、政吉、岳全、捨三が集まっていた。

お夏が頼み、相撲取りの破落戸《ごろつき》を探させたのだ。

熊蔵が口火を切って、

「相撲取り崩れってな結構いるもんだな。土俵を下りるとろくな仕事にありつけなくて、よくて車力《しゃりき》か人足《にんそく》、悪くて酒場の用心棒ってのが相場だ」

「それらしいのはいたの、兄さん」

「深川、本所界隈にゃいなかったなあ。人並以上の躰《からだ》をしてっから目立つんでよ、すぐにわかるはずなんだ」

「浅草に一人おったよ」

岳全の言葉に、お夏は期待して、

「どんな奴？」

「四股名を黒潮川《くろしおがわ》というんじゃが、こいつが評判のいい男でな、足を怪我して相撲を取れなくなって、花川戸《はなかわど》の湯屋《ゆうや》で下足番《げそくばん》をしておった。誰にもやさしくて親切でな、すこぶるよいのじゃなあ」

お夏が落胆して、

「駄目よ、評判のいい男じゃ。日頃からやくざ者なんぞと交わって、賭場《とば》の用心棒でもしているような奴でないと。初めにそう言ったでしょ、岳全さん」

「駄目かね」

「うん、的外《まとはず》れね」

お夏の視線が政吉に向けられた。

「どう？　政吉さんの方は」

「あ、いやあ、そのう……」

政吉は言い淀《よど》む。

「当たりが出たのかしら」

「そうじゃねえんだ。おれも浅草にいてよ、橋場の飯屋で飯食ってたら、隣り合わせた客二人が手を取り合って泣いてやがんのさ。いってえ何事かと思って聞き耳を立てたら、どうやら犯科人の家族らしくってな。母親と嫁の二人で、これから泪橋《なみだばし》へ行く話をしていたのよ」

岳全がポンと手を打ち、

「わかった、泪橋の先には小塚《こづかっぱら》原の仕置き場がある。不身持《ふみもち》な主《あるじ》が悪事を働いて仕置きされるんじゃろう。それで泪橋へ行くとこであったのだ」

小塚原の処刑場で仕置きがあると、小伝馬町《こでんまちょう》牢屋敷から護送された科人《とがにん》がやって来て、泪橋という橋を通ることになっている。家族はそこで待っていて、今生《こんじょう》の訣《わか》れをする習わしだ。そういうことから、いつしか泪橋の名がついたのである。

「そうなんだよ、さんざっぱら家族を泣かせた悪い奴でも、死罪と決まったらもうどうしようもねえ。おれぁ母親と嫁の嘆きを聞いてるうちに、悲しくって泪が止まらなかったのさ」

珍しく政吉が神妙な面持ちになって言う。

「うん、わかるよ、無理もない。気の毒な話じゃなあ」

岳全もしんみりとし、熊蔵、捨三もうなだれた。

顔も知らないそんな人たちの、しかもどんな罪科かもわからないから、お夏が心を動かすことはなかった。

それで黙っていると、捨三がオズオズとした様子で、

「おいらも聞き廻ったんだけど、どうも役に立てそうもないなあ」

「どんな話？」

お夏が聞くと、捨三は女相撲取りの暴れ者が見つかったと言うから、「駄目よ、女相撲じゃ、男だと言ったでしょ」と言って話を打ち切り、

「それじゃ皆さん、ご苦労さんでした」

お夏は紙に包んだ手当ての金を一同に手渡した。四人はそれを貰って各家に戻って行った。

ごろっと横になり、お夏は思案する。

あの四股の踏み方や張り手の強烈さは、尋常な者ではなかった。身を持ち崩した元相撲取りに違いないのだ。

そこへ直次郎が帰って来た。

「どうだった、直さん」

「すぐに支度《したく》しな」

「見つかったの」

直次郎はうなずくと、

「霊巌島《れいがんじま》の近くに新浜町《しんはまちょう》ってのがあって、そこに住んでる九州山《くすやま》ってえ相撲取り崩れがいる。無法者だとよ」

「なるほど」

「九州山は稲荷《いなり》を守る名目で小屋に寝泊まりしてるんだが、やくざもんとつながってるみてえだから、その辺で百舌の一味と手を組んだのかも知れねえ」

「でもどうやってとっちめる？　二人で敵《かな》わなかったのよ」

「おれの底力を見せてやるさ」

「さすが直さん、行ってみよう」

お夏は手早く身支度する。

「ほかのみんなはどうしたい」

「駄目駄目、こうなったら直さんだけが頼りよ」

六

稲荷の横に掘っ立て小屋があり、九州山はそこに一人で住んでいた。

炊きたての飯をどんぶりに山盛りにし、それに塩をぶっかけて今まさに食べようとしているところへ、直次郎とお夏がいきなり踏み込んで来た。

二人を見たとたん、九州山は慌てふためいてどんぶりを落としそうになった。

直次郎がすばやく手を差し伸べ、どんぶりをつかみ取った。

「でえじな飯を落としちゃいけねえやな、天狗のお兄さん」

躰は大きくとも、九州山は純朴な目をして気は小さいようで、悪事が見つかった悪《あく》童《どう》のようにうろたえた。

家のなかを見廻していたお夏が、片隅に放られた天狗の面を見つけ、それを取って九州山に突き出し、

「これこそが動かぬ証拠ね。もう一度あたしたちと勝負する？　お面をつけると強くなれるんじゃやない」

「わ、悪かった」

九州山が蚊《か》の鳴くような声で言った。性根は悪くないようだ。

「認めるんだな」

直次郎の追及に、九州山はうなずき、

「賭場で知り合った兄貴から、金を貰って頼まれた」

「それで？」

　お夏が迫る。

「名めえは弥十郎さん、用心棒に雇われたんだ」

「仕事の内容はよ」

　これは直次郎だ。

「若え男と女が弥十郎さんを追いかけて来たら、叩きのめしてくれと。それであの場所で待っていたら、おめえさんたちが」

「どうしてお面を被ってたの」

　お夏の問いに、九州山が答える。

「顔は見られねえようにしろと、弥十郎さんに言われた」

「その弥十郎さんなんだけどよ、どこにいるか知らねえか。知っていたら教えてくれよ」

　直次郎が問い詰める。

　九州山は黙り込む。

　お夏がその胸ぐらを取って揺さぶり、

「お上へ突き出すわよ」

「そんな悪いことしてねえだろ」

「何言ってるの、あんたは盗っ人の片棒を担いだのよ」

「ええっ」

「何も聞かされないで手伝ったのね」

お夏の追及はつづく。

「あの兄貴は盗っ人だったのか」

「そうよ」

お夏が答える。

「ああっ、そんなこととは知らねえで……金が欲しかったんだよ」

お夏が含んだ目で直次郎を見た。

あうんの呼吸で、直次郎は財布から二分ほどの金を取り出し、九州山に握らせる。

「い、いや、貰う義理はねえよ」

「いいから取っときな」

「すまねえ」

金を握りしめ、九州山は目頭《めがしら》を熱くしてうなだれる。

「あんた、年は」

「二十八だよ。在所は房州《ぼうしゅう》の館山《たてやま》でよ、江戸に出て来て、元はちゃんとした部屋にいて大関を夢見たこともあったけど、やくざもんと仲良くなっちまって、賭場のいざこざで大暴れしてな」

「部屋から追い出されたのね」

九州山がうなずき、

「それからはもう情けねえ境涯よ。聞いてくれるかい、お二人さん」

話をつづけようとする九州山を、お夏は遮って、

「もういいわ、あんたの身の上話聞いたって仕方ないもの。これから先の生き方は自分で考えるしかないの」

「ンだな、おめえさんの言う通りだ」

「おい、それより弥十郎の居場所をわかったら教えてくれよ」

直次郎がお夏と共に迫った。

七

源七長屋のお富の家を、直次郎とお夏は案内も乞わずに急襲した。

だが家のなかはがらんとして、藻抜《もぬ》けの殻《から》であった。家財道具も何もなくなっており、主は転宅したようだ。

そこが九州山が明かした弥十郎の隠れ家だった。

「ちょっと聞いてくる」

お夏が住人に聞きに行き、直次郎はその場に残って待った。

やがてお夏は戻って来ると、

「ここにいた女はお富といって、引っ越したみたい。でも町内の居酒屋の酌婦だっていうから、そこへ行ってみよう」


居酒屋は歩いてすぐで、まだ昼なので開けておらず、老いぼれた父《と》っつぁんが一人で店の掃除をしていた。

お夏は直次郎を表に待たせ、袖を鳶《とんび》にしてひょいと入って行くなり、

「あの、ちょっとすみません」

父っつぁんはお夏を上から下まで見て、勘違いをしたらしく、

「ひょうっ、こいつぁ上玉《じょうだま》じゃねえか、いいよ、今日から働いてくんな。おめえみてえな別嬪《べっぴん》なら大歓迎だぜ」

　お夏は苦笑しつつ、やきもきしながら、

「そうじゃないのよ、父っつぁん。ここにお富さんて人いる？」

　父っつぁんはとたんに顔を曇らせ、

「もういねえよ」

「やめたってことかしら」

「ああ、後ろ足で砂をかけてな」

「なんぞ不義理でも？」

「さんざっぱらおれから前借りしときやがって、不意に姿を消したのさ。あの女はてめえから世間を狭くしてるんだ」

「それはいつのこと？」

「いなくなったなおとついだ」

「お富さんに旦那はいなかった？」

「いたよ、得体の知れねえ野郎でな、無愛想で人を見下《みくだ》すようなところのある奴だった」

「二人は一緒に暮らしていたの？」

「まっ、そうだけど、いつも一緒ってわけじゃなかった。野郎にゃどっか別に家があるみてえな、そんな風だったよ」

「別の家、わかんない？」

「ええと、待ってくれよ。その別の家から二人が揃って出て来るのを見たことがあるぜ。ありゃどこだったかなあ……」

お夏は苛々《いらいら》として足踏みし、

「お願い、思い出してよ、父っつぁん」

「空地《あきち》があってな、そこを越すと草庵《そうあん》みてえな古びた家があって、二人はそこから出て来たのさ」

八

その空地は長い間放置されていたらしく、伸び放題の雑草の向こうに古井戸があり、とうに水は枯れているようだった。

人も寄りつかずに荒《すさ》み、夕暮れ迫る今は墓場のようだ。

お富に誘われ、喜和と八重がやって来た。

「嘘でしょう、こんな所に弥十郎の旦那がいるなんて信じられない」

八重が気味悪そうに言うと、喜和も不安げに辺りを見廻し、

「お富さん、どこに隠れ家があるの」

「この向こうに草庵があって、そこが隠れ家なの。あいつはずっと帰ってないから心配いらないよ。さあ、大金が眠っているところへ早く行こう」

お富は先に立って行きながら、周辺にすばやい目を走らせている。

突如、鴉《からす》の群れが鳴いて飛び立った。

喜和と八重は叫びそうになる。

するとお富が二人を置いて、逃げるように駆けだした。

「あっ、お富さん、どこへ」

喜和が言い、八重と共に後を追った。

お富が姿を消すと同時に、弥十郎が物陰から二人の前にぬっと現れた。冷酷な目に殺意を滲ませている。

「あっ、弥十郎の旦那」

喜和が言うと、弥十郎がいきなり長脇差を抜き放ち、喜和を袈裟《けさ》斬りにした。

「ああっ」

血しぶきを上げて喜和が仆《たお》れる。

とっさに八重が逃げ出した。

弥十郎が追い縋り、その背を刺し、八重がこっちへ躰の向きを変えたところへ、さらに白刃を浴びせた。

喜和と八重が血に染まって仆れ伏した。

懐紙で血刀を拭う弥十郎の背後に、お富が立った。

「気の毒だねえ、おまえさん。こんな若い身空《みそら》で仏ンなっちまうなんて」

「要らざる女たちなのだ、これでいい」

「あんたに言われて、隠し金があるなんて嘘ついてこいつらを誘い出したけど、どういうことなのさ。この二人がなんで斬られなくちゃいけないんだい」

「おれのやることには口出し無用。おまえは黙って言う通りにしていればよい。とっとと骸《むくろ》を片付けろ」

「あたしが？　どうやって」

「井戸へ捨てるのだ」

「ええっ」

お富は慄然《りつぜん》となり、二の句が継《つ》げない。

「やれよ」

「嫌だよ、そんな汚れ仕事。なんだってあたしがやんなくちゃいけないいんだい」

弥十郎がお富に寄って囁く。

「おれとは仲間だろう、褒美《ほうび》をとらすぞ」

「ああっ、まったくもう」

文句を言いながらも、お富は言われた通りにまず喜和の足を持って古井戸へ引きずって行き、半身を起こしておいて投げ入れた。枯渇《こかつ》しているから水音はしない。ドンと落下する鈍い音がした。次いで八重もおなじ要領で井戸まで運び、投げ捨てた。

「よくやった」

「畜生、あんたを怨むよ」

「行くぞ」

「あ、待っとくれ」

弥十郎が身をひるがえし、お富が後を追った。

すると――。

生い繁った草むらの陰から、初糸が立ち上がった。弥十郎の立ち廻り先を調べ廻り、遂にここを突きとめて見張っていたのだ。

初糸は古井戸へ走ってなかを覗き込む。

娘二人が折り重なっていた。

「人でなし……」

そうつぶやき、初糸は表情を引き締めて弥十郎たちを追わんとした。

その時、古井戸の底から微《かす》かな呻《うめ》き声が聞こえた。

初糸が覗くと、八重が苦しそうに喘《あえ》いでいる。血まみれながらも、半死半生の状態だ。

「おまえさん、生きているのね」

八重の返答はない。苦しんでいるのがわかる。

その様子を見て、初糸は声を掛けるのをやめ、庭に這った太い蔓《つる》を手繰《たぐ》り寄せてきて古井戸に投げ落とし、それに伝って下りて行った。喜和は絶命しているが、八重の方は虫の息で喘《あえ》いでいる。

「しっかり、おまえさん」

初糸が言うと、八重は驚きの目をさまよわせて、

「えっ、どうしてあんたが」

「話は後よ、わたしにつかまって」

初糸は八重を背に担《かつ》ぎ、蔓を伝って苦労しながら這い上がって行く。そうして上ま

で辿り着き、雑草のなかへ二人して転がった。

「あんた、どうしてあたしを」

八重がおなじことを言い、初糸を突っぱねて、

「放っといて、あんたに助けられるいわれはないのよ」

言うそばから、疵の痛みに八重は小さく叫んだ。

「ここにいてはいけないわ、あの男がいつ戻って来るか」

初糸は八重を無理に立たせ、また担ぎ上げると、もつれるような足取りで歩き去った。

九

夜になって、お夏が長屋の路地で晩飯をこさえていると、直次郎が駆け戻って来た。

「何こさえてるんだ」

直次郎が問うから、お夏はにっこりして、

「見ればわかるでしょ、鯖《さば》の塩焼きよ」

「二切れも食うのか、おめえ」

「一切れはあんたに決まってるじゃない」

「うほっほ、有難え。持つべきものは大家《おおや》だな」

「変な言い方しないでよ」

「味噌汁《みそしる》も頼みてえんだけど」

「もうできてるわ、温《あたた》めるだけ」

二人はお夏の家へ入り、向き合って晩飯となった。

「どう、見つかった？　お富と弥十郎」

お夏の問いに、直次郎が答える。

「隠れ家へ行ったけど荒れ果てていてな、人のいる様子はなかったぜ」

もはや日が暮れていて、古井戸のなかの喜和の骸には気づかなかったのだ。

「二人揃って出て来たって言ってたけど、居酒屋の父っつぁんの見間違いなのかしらね」

「いいや、そうじゃあるめえ。お富と弥十郎は化け物同士だから、うめえこと姿を隠したんだろうぜ」

「そっかあ、いくら追いかけても尻尾《しっぽ》をつかませないのねえ、あいつら」

「明日また明るくなったら行ってみるよ」

そこでお夏はハッとなって手を打ち、

「いけない、忘れてた」

「なんのこった」

「藩邸から恩田《おんだ》様が見えられたの」

「忠兵衛《ちゅうべえ》が？　なんの用でえ」

「あたしなんかには言わないわよ。ともかく明日の昼前にいつもの所へ来てくれないかって。なんぞ持ち上がったんじゃないかしら」

「そ、そんなはずは……」

直次郎の主家《しゅか》萩尾藩の江戸藩邸は、神田佐久間町にあった。一万五千石の弱小藩であるから、そこが上屋敷であり、中、下屋敷はない。敷地は二千坪弱だ。

江戸家老は恩田忠兵衛といい、六十に手が届く温厚篤実《おんこうとくじつ》な人物だ。藩邸には五十人ほどの家臣や女たちが詰めているが、大藩ではないからさして忙しいはずもなく、日常は長閑《のどか》だ。家臣団は国表の信濃《しなの》からの出張《でば》りで、女たちは江戸の現地採用である。参覲交替《さんきんこうたい》がある時は藩邸の人数も膨れ上がり、恩田は大忙しとなるも、済めばまた元に戻る。

直次郎はそこへ時折出向き、御家の無事を確かめ、帰りしなに忠兵衛から幾許《いくばく》かの金子《きんす》を貰い、暮らしの活計《たつき》に当てている。忠兵衛は直次郎のわがままを許していて、その彼が怪盗黒猫だなどとは夢にも知らない。

「どうする？　直さん」

お夏の問いには答えず、直次郎は飯をかっ込んだ。

十

翌日、直次郎は神田佐久間町まで来て、子供の使いをやって呼び出すと、忠兵衛はすぐにやって来た。

いつもなら忠兵衛は、神田川で鰻《うなぎ》を釣ることを習いとしているから、ここへ来る時は決まって竿《さお》や魚籠《びく》などの釣り道具一式を持って来るが、今日は手ぶらであった。

「若、お久しゅうございます。お元気であらせられましたかな」

「うむ、変わりはないよ。市中の暮らしにもすっかり馴れてまごつくこともない。心配かけてすまんな」

若殿の口調になって直次郎は言い、

「どうした、家中に何かあったのか」

「あ、いえ、当家には何事も。彦馬様もつつがなく政《まつりごと》をなされておられまする」

彦馬とは直次郎の代りに萩尾藩を治《おさ》めている親類の若君で、それがうまくいって、誰もが安堵していた。

「ではなんだ、忠兵衛が阿弥陀長屋に来るには、それなりにわけがあってのことなのであろう」

「はっ」

と言って、忠兵衛は首肯《しゅこう》し、

「当家の近隣に、佐久間町の名主太兵衛《たへえ》の別宅がございまして」

「別宅となっ？」

「太兵衛は元々丸菱屋《まるびしゃ》なる呉服問屋の主でございましたが、名主になると同時に商いの方を伜《せがれ》に譲り、佐久間町に別宅を建ててそこに住まい致すように。商家にいては、町名主の務めもおろそかになると考えてのことと思われます」

「そこに何か異変でも？」

「お察しのよいことで。太兵衛の年はそれがしとおなじほどで、職務に忠実な男でございます」

「家人はどれほどだ」

「雇い人は女子供ばかりで、かれこれ十人ばかりかと。名主ゆえに商いと違ってそれほどの人数を必要と致しませぬ。ところが……」

「どうした」

「最近雇われし女中のなかに妙な動きをする者がござり、それがしが不審に思い、遠くから見守っておりました」

「どんな女だ」

「年の頃はまだ二十歳前ですが、お甲《こう》と申しまして、日が暮れると屋敷を抜け出し、何者か知れぬ男とつなぎを取っておるのです」

「密夫《みっぷ》ではないのか」

「いえ、それがいつも違う男なので、そうではないものと」

「臭うな」

「でございましょう。お甲は目立たぬ地味な女でございまして、一見不埒《いっけんふらち》を働くようにも見えませせぬ」

「考えられることはひとつだな」

「どんなことが考えられますか、若」

「盗っ人の手引き役だよ」

「や、やはり……」

忠兵衛が緊張の目を瞬《しばたた》かせる。

「よもやと思い、それがしも当たりをつけてはいたのですが、やはりそうでござったか」

「まだそうと決まったわけではないが、太兵衛にはどれほどの金がある」

「千や二千の金は確実にございますな」

「大した分限者ではないか」

「若の方でなんぞ手は打てませぬかな。太兵衛は町民のために粉骨砕身《ふんこつさいしん》している男です。それが盗っ人になどに押し込まれては目も当てられませぬ」

直次郎はじっと考えに耽《ふけ》っていたが、

「わかったぞ、忠兵衛。なんとかしよう」

義を見てせざるは勇なきなり、と思った。

第六章　賊徒曼陀羅《ぞくとまんだら》

一

八重が息を吹き返したのは、古井戸から助け出されてから二日目の夕方であった。

あの夜、初糸は血まみれの八重を担ぎ、必死で町から町を駆けめぐり、吉田玄徳《よしだげんとく》なる本道《ほんどう》の医家の門を叩いた。

本道は内科専門だが、幸いにして玄徳は金創医《きんそうい》もかねていたので、すぐに八重の治療に取り掛かってくれた。弥十郎に背中を刺された疵《きず》がもっとも大きく、他は軽傷で済んだ。

そうして八重はうつ伏せにされたまま、二日二晩寝込んだのである。

その間、初糸は小部屋を与えられ、付き添いという名目《めいもく》で、そこで寝食をし、ひたすら八重の恢復を願った。

所持金が底を突き、心許《こころもと》なかったが、今は何も考えずに八重の無事を祈ることに専念した。

夕方に足音荒く、玄徳が小部屋へやって来たので、初糸はもしやと思って嫌な予感がしたが、それは取り越し苦労で、

「これ、蘇生《そせい》致したぞ」

玄徳が声を弾ませて言った。老齢ながらも矍鑠《かくしゃく》として、信頼のおける医者だと思った。

「有難う存じます、助かりました」

まずは初糸は三つ指を突いておき、すぐに八重に会いに行こうとすると、今は粥《かゆ》を啜《すす》っているから少し待ってやれと玄徳が言った。

「それよりそこ元、如何なる素性なのだ。武家者と見受けたが」

「その通りでございます。長門国の出にて、ゆえあって諸国を行脚《あんぎゃ》致すうち、江戸に留まることに。わたくしの名は初糸と申します」

「左様か、ではあえて事情は問うまい。しかし初糸殿、連れのおなごは尋常《じんじょう》な娘ではないな」

「どうしてそう思われますか」

「ほかにも古い刀疵があった。年若くして修羅場を潜っているのではないのか」

八重は死んだ喜和と組んで危ない橋を渡ってきたのだから、刀疵の一つや二つは当然と思われた。

「はあ、その辺のことになりますと、わたくしにも……」

「知らんのだな。ではさして昔からのつき合いではないということか」

「は、はい、そんなに以前からでは……」

初糸は口を濁さざるを得ない。

「よかろう、相わかった。これ以上は何も聞くまい」

「恐れ入りまする」

「なんの。それにしても浅いつながりなのによく面倒を見るな。なかなかできることではないぞ」

初糸は叩頭《こうとう》しておき、八重に会ってもよいかと言うと、玄徳は快く承諾をしてくれた。

粥を食べ終えた八重は、臥所《ふしど》に病臥《びょうが》していた。初糸を見て慌てて起き上がろうとする。

　初糸はそれを押し止《とど》め、

「いいのよ、ゆっくり休んで」

「そうはゆかないわよ、あんたに助けられるいわれはないんだから。どうしてあたしを助けたの」

　八重は苦労して半身を起こし、初糸を正視した。

「死にそうなおまえさんを見捨ててなんて行けないわ。もう一人の人は亡くなったのよ」

「わかってるわ。喜和さんとは血のつながりも何もないんだけど、旅廻りの一座で知り合ってそれは仲良くしてきたの。身内以上の深い絆《きずな》だったんで本当に悔しい」

　悔しさを滲ませ、八重はうなだれると、

「でもどうしてなの。おなじことを何度も言うようだけど、あたしたちは弥十郎という男にそそのかされてあんたを裏切った。そんなあたしを助けるなんて、今でも信じられない。何か魂胆《こんたん》でもあるんじゃないの」

　初糸は苦笑して、

「そんなものないわ。人を疑るのが習い性になっているのね」

「そ、それはそうかも知れないけど、あたしとしては、あんたに助けられたことを諸《もろ》手《て》を挙げて喜ぶわけにはゆかないわ」

強気に言った後、急に思い出したかのように、八重は着ていた私服はどこかと尋ねた。今は浴衣《ゆかた》を着せられていた。

初糸が畳紙《たとうがみ》に包まれて血に染まったそれを枕元から引き寄せ、八重に差し出した。

八重は着物や帯を探《さぐ》っていたが、財布を取り出して、「ああ、よかった、あった」と言い、なかから銭をひとつかみして、

「これ、あたしの治療代に使って。こうなったら宅預《たくあず》かり（入院）だろうから、お足がいるはずよ」

初糸は銭を受け取り、

「助かるわ、本当のことを言うと、払いをどうしようかと思っていたの」

「よかった」

そう言うと、八重は視線を伏せながら、

「恩に着るわ、初糸さん」

「いいのよ」

「あたしにできることはある？」

「弥十郎の行方を追っているの、知らないかしら」

「確かに弥十郎は悪党だけど、初糸さんはあいつに何をされたの」

「いいえ、何も。わたしの狙いは弥十郎ではなく、その上なのよ。弥十郎は龍之介の配下でしょ。そのことは最初に会った時明かしたでしょ」

八重は微《かす》かな狼狽を見せて、

「最初におまえさんに聞かれた時、あたしたちは惚《とぼ》けることにしたけど、本当は二人の関係は知っていた。ご免なさい」

初糸は苦笑を浮かべ、

「そのくらいは察しがついていたわ」

そう言った後、真剣な目になり、

「百舌龍の手掛かり、何かある？」

「そう言われても……」

「どんなことでもいいのよ」

八重がハッと何かを思い出し、

「えっと、南茅場町《みなみかやばちょう》の裏通り辺りにまやかしだろうけど、履物《はきもの》の家を持ってるって聞いたことがあるわ。でも確かじゃないのよ」

「南茅場町ね、ほかには？」

「うむ、今は思い出せない。でももしかして、まだ忘れてることがあるかも知れない」

「じゃ教えて、思い出したら」

「うん」

八重は記憶をまさぐり始めた。

人生に転落はしたものの、生来《せいらい》は真面目な娘なのかも知れない。

二

町名主丸菱屋太兵衛宅の女中お甲は、その日の昼下りに佐久間町の家を出ると、惣菜の買い出しのために町内の市場へ向かった。

萩尾藩家老の恩田忠兵衛が言う通りに地味な女だが、時折見せる目つきの険《けわ》しさはやはり尋常ではない。

市場は人出が多く、干し魚や青物などが平台の上に山と並べられ、その他には乾物類もある。

そこへ背後から来た若い男が、お甲の袖を引いて合図し、離れて行った。お甲は人目を憚《はばか》りながら男の後を追う。

その二人を、人混みのなかから直次郎が見ていた。

お甲は路地へ入って男とひそひそと話し込んでいたが、ややあって市場の方へ戻って行った。ここへ来る以前に、直次郎は忠兵衛を呼び出し、お甲の人相を確認しておいた。

直次郎はすかさず男を追う。

男は佐久間町の隣りの仲町《なかちょう》一丁目へ入って行き、裏通りの長屋の一棟に消えた。

長屋の木戸門の陰から、直次郎は見守る。

やがて大勢の子供の声が聞こえ、男が遊び盛りの男女取り混ぜた四人の子供たちと賑やかに出て来た。

裏渡世の人間と思っていたので、その男と子供たちがどうにもそぐわず、直次郎は面食《めんく》らった。

男は子供たちを連れて神田川の方へ行く。

土手の一角に縁日が立っていて、様々な露店が立ち並んでいた。男はそこへ子供たちを連れて行った。

まだ日はあるも、明りが灯され、子供たちは男などそっちのけになって散らばった。

鬼灯《ほおずき》やお面、金魚売りなどに子供たちは楽しげに群がり、男は求められるままそれらに銭を出してやる。

そうしておいて、男は一歩身を引き、そこから子供たちの笑顔を楽しそうに見ている。

いい人のように見えるが、男は盗っ人の手引き役と密会しているのだから、油断はならない。

直次郎は男を同年齢と見て、そこには相通じるものがあると思い、意を決して近づいて行った。

「おめえさん、生業《なりわい》は？」

いきなり見知らぬ人間に問われ、男は面食らった。

「あっしはしがねえ竿竹《さおだけ》売《う》りでござんすが、おめえさんは？」

「お上《かみ》の手先だよ」

直次郎が嘘も方便を言う。

男はサッと緊張を露《あらわ》にし、警戒の目を向けてきて、

「何か勘違えをなすってるんじゃござんせんか。あっしは子供と遊んでやってるだけで、お咎《とが》めを受けるようなことはしちゃおりやせんぜ」

「名めえは」

「あっしのですかい？」

「そうだよ、おいらは直次郎」

「へえ、こちとら伊助《いすけ》と申しやす」

「子供の数は四人だが、おめえさんの子はいるのかい」

「そ、そいつぁ……」

「なんだ、どうしたい」

「四人ともあっしの子でして」

直次郎は単純に驚き、

「うへっ、こいつぁ恐れ入ったね。伊助さんの年は幾つだい」

「二十三ですが」

「それじゃおいらより一つ下か」

「子供連れだと怪しまれるんですかい」

「そうじゃねえよ、おめえが丸菱屋の女中のお甲とつなぎを取ってるからいけねえのさ」

伊助は色を変え、逃げだそうとする。

直次郎がその袖をすばやくつかんで、

「悪さを認めるんだな」

「まだ何もしちゃおりやせんぜ」

「これからしようとしてるんだったら、おんなじこっちゃねえか。やめとけよ、盗っ人の片棒担ぐなんてことは。捕まったら子供たちはどうするんでえ。かみさんはいるのかい」

「あ、いや、そいつぁ……」

「どうなんだよ」

「嬶《かか》ぁにゃ逃げられやした」

「逃げた？　なんで」

「男ができたんです。子供たちをみんな残して、男と手に手を取ってどろんしやがったんでさ」

「どうしようもねえな」

「へえ、まったく」

「追いかけねえのかい」

「去る者は追わずでがすよ」

直次郎はやりきれない溜息をついて、

「竿竹売りじゃ、子供四人を養うなてえへんなんだろうな」

「そうでもねえんです、地道にやってりゃそれなりに稼ぎは」

「だったら、どうして」

「実は賭場《とば》に借金がありまして」

「かあっ、そういうことかい」

「申し訳ござんせん」

「幾らなんだ、借金は」

「二両です」

「その二両のために、子供たちにつれえ思いをさせていいのかよ。捕まったら一蓮托生《いちれんたくしょう》、獄門《ごくもん》なんだぞ。父親なしで、残った四人の子は路頭に迷うじゃねえか」

伊助はがくっと膝を折り、うずくまった。おのれの情けなさに、身も世もない風情で啜り泣きを始める。

直次郎はそれ以上、ものを言う気を失った。

三

お夏が直次郎の先に立ち、小走っていた。

深川を出て永代橋《えいたいばし》を渡って行く。

日が暮れ始めていたが、黒装束というわけにはゆかず、二人とも普段着の小袖姿で、それでも直次郎は帯の後ろに鳶口《とびくち》を差し込み、お夏はふところに匕首《あいくち》を呑んでいる。

「何もかも白状したのね、竿竹売りは」

「賭場で弥十郎に声を掛けられたらしい。まとまった金になる仕事があるとかなんとか言われてな。前金に一両貰って、仕事が済んだら後金を払う約束だそうだ」

「それじゃご家老様が怪しんだ通りに、一味は丸菱屋の家を襲うつもりなのね」

「伊助は本職じゃねえから襲撃にゃ加わらねえことになっている。押し込みの前の段取りに働いてるんだ」

「四人も子供がいて、なんだってそんな話に乗ったの」

「四人もいるから乗ったのさ。暮らしのためだよ。かみさんに逃げられててえへんな思いをさせられて、おれぁ同情してるんだ」

「でももういけないわよ、百舌龍一味に加担しちまったんだから」

「そんなことはねえ、行方をくらましゃいいのさ。今頃荷造りしているはずだぜ」

「荷造り？」

「今晩中に子供たちを連れて夜逃げをするそうだ。板橋宿《いたばししゆく》の親類を頼ると言っていた。一味はそこまでは追いかけちゃ来るめえ。伊助にゃもう金輪際博奕《こんりんざいばくち》にゃ手を出さねえと誓わせたよ」

「直さんたら」

お夏は歩を止め、まじまじと直次郎を見ると、

「随分と手際《てぎわ》がいいのね」

「一人でも罪人を出したくねえのさ」

「あんたのことだから、竿竹売りの賭場の借金二両を出して上げたんじゃない」

直次郎がうなずき、

「いいことをした後は気持ちがすっきりするよなあ」

「あんたは偉いわよ」

お夏は再び駆け出して、

「肝心の押し込みの日はいつなの」

直次郎も後を追いながら、

「それが明日なんだ。奴らも金が底を突いているんじゃねえのか。焦ってるんだろうぜ」

「そうなるというと、また置神の親方に廻状を出して貰おうかしら」

「明日じゃ無理だろう。半兵衛さんがきりきり舞いしちまうよ」

「それで今夜中に百舌龍を押さえ込むつもりなのね」

「伊助が白状した所に百舌龍がいればの話だがな」

「でも南茅場町でしょ、大胆よねえ。そんな所に百舌龍の隠れ家があるなんて信じられない。南茅場町には大番屋が控えてるのよ」

「ふてえ奴らだからなんとも思っちゃいねえのさ」

江戸橋《えどばし》を渡って行く二人の後を、黒い影が追っていた。

それは頬《ほお》っ被《かむ》りをした竿竹売りの伊助であった。

四

南茅場町の大番屋の裏通りへ来て、直次郎は伊助が白状した百舌龍の隠れ家を、お夏と共に探し廻った。

偽装として、履物の売り商いをしている家だという。

そういう場合、家の軒下に履物を吊るして仕事の目印とするのが常で、やがてそれらしき家を見つけた。

すっかり夜の帷《とばり》が下りて辺りは暗く、人通りも少なくなっている。

「直さん、こういうのはね、いきなり踏み込んだ方がいいのよ」

お夏は表情を引き締めながら、家に近づいて行く。

直次郎がさすがに慌て、止めようとして、

「おい、ちょっと待てよ、待てったら」

「いいから、油断しちゃ駄目よ」

油障子に手を掛けようとしたお夏の目の前に、いきなり内部から手槍が突き出された。

お夏がハッとなって身を引き、直次郎も身構えた。

すると辺り一帯、あっちこっちの路地から一味の男たち十数人が現れ、長脇差を抜いて二人を取り囲んだ。いずれも黒装束姿だが、龍之介と弥十郎の姿はない。

「逃げるわよ、直さん」

「おう」

直次郎は鳶口を、お夏は匕首を手にして身をひるがえした。一味が殺気立って追った。

男たちの襲撃は容赦なく、白刃《しらは》が風を切って繰り出される。二人は必死で応戦するも、烈しく攻め立てられ、たじたじとなった。

すると突如、一人の男が呻き声を上げた。

横合いから女の影が飛び出して来て、小太刀を振るったのだ。初糸だ。

男は肩先を斬られてのけ反《ぞ》る。

「さっ、こっちへ」

初糸にうながされ、束《つか》の間《ま》戸惑いながらも直次郎とお夏はその後にしたがった。小太刀が鮮やかに閃《ひらめ》き、男たちの隊列が崩された。

まっしぐらに突っ走る初糸に、直次郎とお夏はついて行くのが精一杯だったが、それでも二人も果敢に闘う。突進して来た男の顔面を鳶口が割り、別の男は匕首で片腕を刺された。

初糸が河岸から身を躍《おど》らせ、二人もそれにつづいた。

三人は日本橋川につながれた空《から》の川舟に着地するや、直次郎が櫓《ろ》を漕《こ》いでぐんと岸から離れた。

男たちはそこまで追って来ず、河岸の上に立って黒い集団となって舟を見送っている。

川のなかほどまで流れて来たところで、直次郎は櫓を漕ぐ手を止め、初糸に向き直ってどっかと座った。お夏も初糸に向かう。

「どこのどなたか知らねえが、まずはお助け頂いた礼を言いますぜ」

直次郎が頭を下げた。お夏も倣《なら》う。

「いえ、その、折よく来あわせたものですから」

直次郎はお夏と見交わし、

「あの履物屋に御用があんなすったんですかい」

「そうではありません。違うのです。たまたまあそこへ……」

「おまえ様は何か隠し事をしていませんか。あたしにはどうもそうとしか思えませんね」

お夏に言われて言葉に詰まり、初糸は押し黙る。

直次郎はその表情を窺《うかが》いながら、

「おめえさん、お武家でやんすね」

「はい」

「何を探っていなさるんで？　教えちゃ貰えやせんか」

「…………」

「言えねえわけでもあるんですかい」

直次郎が初糸を睨むようにして言った。

「直さん、失礼よ。助けて貰ったのに問い詰めちゃいけないわ」

「あ、ああ、それもそうだな」

直次郎は立ち上がって再び舟を漕ぎ、

「どこへ着けやすか、言って下せえ」

「いえ、どこでも構いませぬ」

舟は流れる。

やがて直次郎は河岸に舟を近づけ、そこでお夏に含んだ目で合図を送り、

「おめえはここで降りるんだったな」

お夏も意を汲んで、

「うん、そうよ。今日は有難う。それじゃおまえ様も」

初糸をうながし、お夏は舟を降りた。

「そこ元、相すまぬ」

直次郎にそう言い、初糸も後につづいた。

女二人は連れ立って行き、途中で左右に別れた。

直次郎はそれを見届け、再び櫓を漕いだ。

お夏は初糸と別れるや、少し間を置き、身を屈《かが》めて尾行を始めた。

五

直次郎は仲町一丁目の長屋へ来ると、路地にいた住人に伊助の家を尋ねた。一軒を教えられ、いきなり油障子を開けると、家のなかに伊助の姿はなく、がらんとして、簡素な家財道具だけがあった。

「伊助さんは留守なのかい」

直次郎が住人に聞くと、妙な答えが返ってきた。

「あの人は滅多に家にゃいませんぜ。あっしらと違って遊び人やってる結構な身分でやんすから」

「竿竹売りじゃねえのか」

「ご冗談を。根っからの風来坊でやんすからねえ」

「子供が四人いたはずなんだが」

「子供？　へえ、確かにこの長屋にゃ四人の子はおりやすが。伊助さんとは縁《えん》も所縁《ゆかり》もござんせんぜ」

（くそっ、一杯食ったな）

しかも姿を消したから、もうここへは戻るまい。

二両を騙《だま》し取られたことが悔やまれてならなかった。


数刻後、直次郎が阿弥陀長屋に帰って来ると、お夏の家には明りが灯っていた。

「すっかり騙されたぜ、お夏」

直次郎が歯ぎしりしながら、伊助は竿竹売りなどではなく、遊び人だったということがわかったと言うと、お夏は格別驚きもせず、

「そんなこったろうと思ったわ。みんな嘘八百だったのね。手玉に取られたのよ。伊助って奴は縁日で直さんに話しかけられて、とっさに作り話をこさえた。ううん、そうじゃないわ、その前から気づいていた。町名主の所の手引き役の女中と会ってるところから、直さんは見られていた。それから伊助は長屋の子供たちをうまく使ったの

よ」

「二両は取られ損かよ」

「当ったり前じゃない、人が好すぎるのよ、直さんは」

直次郎が腐《くさ》る。

「そっちはどうだった」

「あの人は初糸という名前で、今は吉田玄徳という医者の家に身を寄せていたわ。というのも、連れの娘がいて、これが斬られて宅預かりになっているの」

「なんぞ事情がありそうだな」

お夏がうなずき、

「医者の玄徳さんの話だと、初糸さんは長門国の出というところまではわかったけど、正体も何もわからなかった」

「おれぁ初糸って人、ひっかかってならねえんだ。あの偽《にせ》の履物屋で出くわしたってことは、やはり百舌龍を追ってるような気がしてならねえのさ」

「右におなじ。明日、出直してみない」

「おうともよ。初糸がおれたちとおんなじに百舌龍を追っているとしたら、只ごっちゃねえぜ、こいつぁ」

「うん、深いわけがあるのかも知れない。あの人は剣も使えるしね、大いに謎めいているわよ。それに……」

「それに、なんでえ」

「どこか寂しそうだったわ、あの人」

「そうかい」

「不幸を背中に背負ってるみたいな。あるいは業《ごう》が深いとかね」

「おめえはそんな感じを持ったのか」

「直さんはどう？」

「さあてな、そこまでは考えなかったぜ」

「朴念仁《ぼくねんじん》」

「はあ？」

「あの人は憂いを帯びて、何かを嘆いているのよ。そこがまたあの人らしいのね。あたしに似てない？」

お夏がツンとすましてみせた。

直次郎は吹いて、

「あるわきゃねえだろ。おめえは晴れた日の青空よ。雲一つ、翳《かげ》り一つねえもんな」

「それじゃ能天気《のうてんき》の馬鹿みたいじゃない」

お夏が怒った。

六

次の日になって、直次郎とお夏は吉田玄徳の医家を訪ねた。

案内を乞うと、初糸は出掛けていると玄徳に言われた。身分を問われたので、直次郎はここでもお上の手先の者だと方便を言った。そこで連れの八重に会うことになった。

玄徳が手先と言うのを信じたかどうかはわからないが、玄徳自身、初糸に多少なりとも疑念を抱いている様子だったから、お上の手の者に探られてもやむなしと思ったのかも知れない。

まだ疵が癒えたわけではなく、八重は不自由な躰で病臥していた。

「おめえさん、初糸さんのなんなんだい」

直次郎が率直に尋ねると、八重は困ったような顔になり、

「ちょっとした知り合いよ。あたしの命の恩人なのね。詳しいことは言えないわ。おまえさん方は何者なの」

「お上の手先をやってる者なんだ」

直次郎が言うと、八重は色を変えた。

「何を調べに来たの？」

「そんなんじゃねえから安心しな。ここでおめえをどうこうするつもりはねえよ」

直次郎が言っても、八重は疑わしい顔のままだ。

「初糸さんどこへ行ったか知らない？　あたしたち話があるのよ。それで来たのね」

お夏が言うと、また八重は困惑しつつも、

「深川の洲崎《すざき》よ」

白状した。

洲崎の名が出て、直次郎とお夏は鋭く見交わした。洲崎には〝無法河岸《むほうがし》〟という別称があって、兇悪な犯科人がそこへ逃げ込むのが常とされていた。そこまで追って来た役人も手が出せず、捕縛を断念するという。

「洲崎ったらおめえ、ちょっと危ねえ所じゃねえか。そんな所へ何しに行ったんだ」

八重は動揺し、黙秘する。

「洲崎には無法河岸って所があって、まともな人は寄りつかないわ。初糸さんが一人で行ったんなら、どんな目に遭わされるか知れたもんじゃないのよ」

お夏が気を揉んで言い、

「ねっ、八重さんとやら。これ以上隠し立てするんなら只じゃおかないわよ。あたしの見立てだと、おまえさんは叩けば埃《ほこり》が出る躰なんじゃない」

「ここの先生に話を通して、しょっ引いてもいいんだ。よっ、どうなんだい」

直次郎の脅しに、八重は屈して、

「やめてよ、それだけは。あたしは怪我人なのよ。牢屋なんかに入れられたら死んじまう」

「じゃ洗い浚《ざら》い話してみろよ」

直次郎が畳みかけた。

八重はふうっと溜息をつき、

「確かにあたしは叩けば埃の出る躰よ。でも今までのことはいいでしょ。なしにして欲しいわ。初糸さんがある連中を追っていて、あたしはそっちと関わりがあって、それで向こうから近づいて来たの」

「そのある連中ってのは誰のことだ」

直次郎が問い詰める。

「百舌龍って盗っ人の一味よ」

的を射て、直次郎とお夏は目を光らせる。

八重がつづける。

「あたしは、てえか、もう一人相棒がいたんだけど、その子は百舌龍の手下の弥十郎って奴に斬られちまったの。その弥十郎にあたしたちは抱えられていたのね。でもいらなくなって、刃を振るわれてこんな躰にされた。怨み骨髄なのよ」

「百舌龍はおれたちも詮議してるんだ。初糸さんはなんで一味を追っている」

「知らない、詳しいわけは聞いてない。あたしが百舌龍の隠れ家が洲崎にもあることを思い出して、それで初糸さんに明かしたの。もうそれくらいにして」

八重は耳を塞《ふさ》ぐようにして、二人から顔を背《そむ》けた。

そこまでだと思い、直次郎とお夏は八重の前から離れた。挨拶をしに玄徳の元へ行く。

玄徳は二人に「座りなさい」と言い、「どうかね、何かわかったかね」と聞いてきた。

玄徳はちゃんとした男だが、事件の内容を話すつもりはなく、直次郎とお夏は言い繕《つくろ》って辞去した。

　医家を出て深川へ戻る道すがら、二人は共に難儀な思いに捉われていた。

「初糸さんに何かあってはいけないと思うんだけど、さすがにねえ、洲崎の無法河岸って聞くと前へ進めなくなるわ」

「おい、怖じ気づいてんのかよ、黒猫の姐《ねえ》さん。そんなんでどうする。おれぁ突き進むぜ。無鉄砲かも知れねえが、乗りかかった船じゃねえか」

「頼もしいと思うわ、そういう直さんて」

「まさかからかってんじゃあるめえな」

「やるわよ、やりゃいいんでしょ、黒猫のお兄さん」

　お夏が突っ張る。

「そうともよ。じっくりと、腹を据《す》えてな」

　直次郎の覚悟の目に、お夏も応えた。

七

　市松《いちまつ》は自分の本当の名を知らない。

年も旦那に八つと言われているから、そうだと思っているだけで、いつどこで生まれたのかも定かではない。市松という名は、旦那であり義父の綱右衛門《つなえもん》がつけてくれた名なのだ。

物心つく頃から深川の海を見て育ち、江戸といえばそこしかないと思っていた。しかしその後、いろんな大人たちの話から江戸はもっと広く、人が大勢いるということがわかった。

だからといって、市松はほかの土地を見に行こうとは思わず、この深川の洲崎という所で充分だと思っている。

綱右衛門は洲崎で一軒だけある酒亭『醒井屋《さめいや》』の亭主で、大昔の石川五右衛門《いしかわごえもん》もかくやと思わせるような風体《ふうてい》をしている。年は五十過ぎで、男伊達《だて》を気取って髷《まげ》を大銀杏《おおいちょう》に結い上げ、揉み上げを獅子《しし》の鬣《たてがみ》の如くに長く伸ばしている。

侠客でもないのに、自分は幡随院長兵衛《ばんずいいんちょうべえ》の生まれ変わりだと吹聴《ふいちょう》しているが、誰も信じていない。冬になると派手な絵柄のどてらを着込み、夏は裸同然の浴衣一枚になる。いつも腰に長脇差をぶち込んで洲崎界隈をのし歩いているが、人様に向かって白刃を抜いたことは只の一度もない。

市松はこの綱右衛門に拾われたのである。

八年前の冬の夜、永代橋に藁《わら》に包まれて捨てられていて、不憫《ふびん》に思った綱右衛門が市松を拾い上げたのだという。綱右衛門の精神は俠客として生きているつもりだから、家族を持つはずもなく、独り身を通している。ゆえに市松を拾って育てるのを、反対する者もいなかった。

綱右衛門は醒井屋で働く酌婦《しやくふ》らに市松の世話をさせ、それでなんとなく育ったものだ。

酌婦は三人いて、いずれも綱右衛門のお手付きだったが、今では綱右衛門共々年を取り、大年増《おおどしま》いである。内訳はお亀《かめ》四十歳、お粂《くめ》四十五歳、お丁《ちよう》五十歳だ。それで十年がとこ綱右衛門に仕《つか》えて暮らしている。一人も脱落者が出ず、死にもせず、元気にやってこられたのは、三人は至って丈夫な体質で心も強靭であるからに違いない。

綱右衛門は読み書きができなかったが、市松には幼いうちから文字を覚えさせた。覚えが早く、市松はおれに似て賢いぜと綱右衛門が人に自慢するも、その時には捨て子だったことを忘れているようだ。

世間では粗削《あらけず》りで大法螺《おおぼらふ》吹きと思われているが、市松の目から見ればお人好しで単純な義理のお父っつぁんなのだ。

市松の面倒をよくみてくれるのはお亀で、陰日向《かげひなた》なく情愛を注ぎ、外から見ていると本当の母子のようにも映る。綱右衛門もそれを許している。

近頃では市松はよく働き、醒井屋の内外を掃き清め、酒樽なども小ぶりの大八車で曳けるようにもなった。

醒井屋とは別に、綱右衛門は近くに『えびす屋』なる木賃宿《きちんやど》も持っていて、市松はそっちへも出掛けて掃除を怠らない。えびす屋の方は暇で滅多に客もないから、お徳《とく》という婆さんに任せっきりになっている。

ところが数日前から五人の男客が来て、えびす屋に居つづけており、お徳一人では大変なので醒井屋の女中のお種《たね》とお君《きみ》が交替で手伝いに行っている。お種とお君は賄《まかな》い専門に雇われた女たちで、二人とも天下一品の不器量者である。

五人の男は今のところおとなしくしているが、どこか身を持ち崩したようなやくざっぽさがあり、綱右衛門はうさん臭いと思って注意している。

自分は侠客を気取って生きているが、そこいらのやくざ者は嫌いなのだ。

五人のうち二人は百舌龍と弥十郎で、他の三人は手下である。三人はまだ二十代の若さで、善助《ぜんすけ》、正吉《しょうきち》、金六《きんろく》という。

市松が掃除に行くと、男たちはいつも花札を打っていて、下卑《げび》た笑い声を上げ、切れ目なく酒を飲んでいる。

そういうのが嫌いで、市松はほとんど寄りつかない。子供心にも博奕や女の話しかしないような連中を軽蔑しているのだ。綱右衛門はあくまで別なのである。

だが五人のなかでも龍之介という男はどこか違っていて、くだらない話題に花を咲かせるようなこともなく、いつも違う所を見ていると市松は思っている。

そうはいっても、この男が一番危険で冷酷な感じがして、誰よりも近づきたくないというのが市松の本心なのだ。

五人はほかに行く所もないから、毎晩醒井屋に現れては酒を飲む。綱右衛門にとってはいい客で、顔を合わせれば愛想を言って作り笑いを見せるも、市松同様に決して親しくならないようにしている。

お亀、お条、お丁たちは五人が金離れがよく、心付けもくれるから、いつも大歓迎だ。

えびす屋へ酒の小樽を大八車に乗せて運び入れ、薄暗くなってきたので市松が醒井屋へ帰ろうとしていると、路地から一文字笠を被った爺さんが不意に現れ、呼び止めた。

「よっ、小僧、ちょいとこっちへ来な」

そう言ったのは置神の半兵衛で、市松を路地へ引っ張り込み、小銭を与えてものを尋ねた。

「宿の方にこういう男は泊まってねえかい」

顔絵を描いた紙切れを見せた。

それは龍之介にそっくりで、市松はすぐに反応して、

「ああ、知ってるぜ。えびす屋に泊まってるよ」

「間違いねえな」

「たぶん間違いねえ、嫌な野郎さ」

「そうかい、有難うよ」

それだけ言って、半兵衛は市松に数枚の銭を握らせ、すばやく薄暗がりへ消えた。

その向こうに数人の男の影が見え、半兵衛を護っているのがわかった。いつもの警護役の連中だ。

半兵衛たちを不審に見送りながら、市松が醒井屋へ向かうと、雨が降ってきた。急いで店へ駆け込んだところへ、蓑合羽《みのがっぱ》を着た二人の男女客が小走って来た。共に番傘をすぼめて市松に笑いかける。

市松が二人を眩《まぶ》しいような目で見上げた。

それは直次郎とお夏であった。直次郎は飴《あめ》売りに変装していて、お夏も同様に紅屋《べにや》

に化けている。紅屋とは口紅や化粧品類を売り歩く行商のことだ。

八

店にはまだ客は一人もおらず、直次郎は床几《しょうぎ》に掛けると、ひらひらと寄って来たお亀、お粂、お丁たちにまずは酒肴《しゅこう》を頼み、おめえたちも飲みなよと言った。三人はお夏に遠慮して見交わし合っている。

するとお夏が、「楽しくやりましょうよ」と言ったので、三人はシケた客ではないことがわかって見る間に座が沸き立った。

市松は料理場の方に引っ込み、そこから直次郎とお夏を物珍しそうに眺め始めた。

お種が忙しく立ち働きながら、市松に文句を言う。

「市松ちゃん、またあんた、酒の席なんかにいちゃ駄目じゃないか」

「新しい客なんだぜ、見てちゃ悪いのか」

「これからあんたの嫌いなえびす屋の泊まり客たちが来るのよ。今日は旦那さんがつき合ってよそで飲んでいるけど、もうじき姿を見せるわ。またひっぱたかれても知らないからね」

市松は昨日、手下の善助に悪ガキだと思われてからかわれ、それで反抗したらひっぱたかれたのだ。

「構うもんか、やれるもんならやってみろってんだ」

市松は直次郎とお夏を眺めつづける。

若い二人がどんな素性なのか、想像もつかない。ただひとつ言えることは、子供の目から見ても二人は好感が持て、悪い人間ではないと思った。

市松の視線に気づき、お夏が「あの子はどこの子？」とお丁に尋ねた。

お丁がここの家の子だと答える。

「あの子、呼んで貰えないかしら」

面白がってお夏が言うと、脇からお粂が冗談で、まだ酒の相手はできないよと言った。

その間に酒や料理が調《ととの》って、お粂とお丁が取りに行って膳を運んで来るも、二人に勧める前に自分たちで勝手に飲み食いを始めた。

お亀に手招きされて市松がやって来た。人見知りせず、お夏にぺこりと頭を下げる。

「あんた、名前は」

お夏が問うと、市松はもじもじとして、

「市松ってんだ」

「ここの生まれなの」

「そうだ」

「お父っつぁんやおっ母さんは」

「そんなものいねえ」

「どうして？　木の股から生まれてきたわけじゃないでしょうが」

「そう思ってくれて構わねえぜ」

反抗的でもなく、すんなり市松は答える。その目は愛らしく笑っている。

お亀が市松を抱き寄せ、頭を撫で廻して、

「この子ったら、赤ん坊の時は本当に可愛かったんだよ。いつも人のことを目で追いかけてね、そりゃ利発だった。泣く時もそんなに大声は出さなかったねえ」

「そんなこと言われたって、おいらさっぱり憶えがねえぜ」

「当たり前じゃないか、憶えていてたまるものかね」

「アハハ、憶えていたら神童だよ」

お丁が混ぜっ返し、お亀とお条が笑った。

お亀がお夏に小声で明かす。

「この子は捨て子だったのさ。それをここの慈悲深い旦那が拾って育てたんだよ」

「あらあ」

やり取りを聞いていた直次郎が、市松に笑顔を向けて、

「おめえ、大きくなったらなんになりてえ」

「そうさなあ」

市松は思案し、

「わからねえ。ただやくざもんだけにはなりたくねえな」

「そりゃいい。やくざは嫌《きれ》えかい」

「でえ嫌えだ。弱い者ばかり泣かせて、ろくな連中じゃねえや」

「その通りだ、おめえは偉《えれ》え」

「お兄さんはやくざじゃねえんだな」

「おうともよ、見りゃわかるだろ、おれぁ飴売りなんだ」

「あたしも違うのよ」

お夏が口を挟む。

それに市松は笑いかけ、うろんげに二人を見て、

「それにしてもよ、ここへ何しに来たんだ。少しばかり怪しいぜ」

「どこが怪しいの」

「なんとなくだ」

「いろんな所でお酒を飲みたいだけよ。子供のくせにつまらないことを詮索するんじゃないの」

　お夏に睨まれ、市松は口を尖らせてうなだれた。

　その時、油障子に人影が写って風のように走り抜け、気づいた直次郎が立って何気なしに戸を開けた。お夏も見ている。だが誰もおらず、二人は不審な視線を交わした。

　その人影はお高祖頭巾《こそずきん》の初糸で、路地に隠れていたが、直次郎に見つからないように消えた。八重がこの洲崎のことを思い出し、初糸に告げたのである。

　間を置かず、綱右衛門が龍之介、弥十郎、手下三人と賑やかに入って来た。

　お夏がとっさに手拭いを被って顔を隠す。

「さあさあ、皆さん、あたくしめの城に辿り着きやしたぜ。飲み直しといこうじゃねえですか」

　綱右衛門と共に、龍之介たちも一斉に直次郎とお夏を見た。

「おっ、新しいお客さん方だ。ようこそお出でなさいやした」

　綱右衛門が二人に愛想を言っておき、離れた床几に龍之介たちを招じた。

お亀、お条、お丁らが歓待しながら向こうへ行った。

お夏が弥十郎を目で追いながら、直次郎に囁《ささや》く。

「間違いない、あのいかついのが弥十郎って奴よ」

直次郎は含んだ目でうなずき、

「百舌龍の察しもついたぜ。今宵はもういいだろ、行くぜ」

そう言い、お夏を促して席を立った。

直次郎がお亀に銭を払ってお夏と共に店を出て行き、龍之介らが宴会を始めた。市松はいつの間にか姿を消していた。

店の表に出て、直次郎が言った。

「気どられなかったか」

「うん、大丈夫。さしものあいつらも油断してたのね。こっちを怪しいとは思わなかったみたい」

「この辺り、ちょいと探ってみるか」

「さっき店の前を女の影が通ったでしょ」

「そうなんだ、気になってるのさ」

いずこへともなく二人は消え去った。

九

市松の住まいは醒井屋の離れで、小庵のような佇《たたず》まいだ。子供ながらそこに独居していた。

帰って来た市松がなんとはなしに溜息をつき、夜具を取り出そうと押入れを開けた。

そこで市松はギョッとなった。

頭巾を被《かぶ》ったままの初糸が、押入れのなかに潜《ひそ》んでいたのだ。

「誰だ」

初糸は口に指を当て、シッと言っておき、

「束の間でいいから、何も言わないでここに置いてくれない」

「なんでだ、追われてるのか」

「そう、追われてるの。あんたを男と見込んでの頼みよ」

市松は少し考え、

「まっ、いいだろう」

「悪いわね」

「いつまでいるんだ」

「追手がいなくなるまで」

「そんなものいなかったけどなあ」

「いいから。あんたに迷惑はかけないわ」

「じゃ、おれぁ寝るぜ」

そう言い、市松は夜具を引っ張り出し、座敷の真ん中に敷いてごろっと横になった。

初糸はまだ押入れに潜んでいて、そこから話しかける。

「あんた、ここの子なの？」

「そうだけど、それがどうした」

「ううん、いいのよ。そんな気がしないと思っただけ」

すると油障子が開き、綱右衛門が乱暴に入って来て、市松の前にどっかと座した。

泡を食った市松が、間一髪《かんいっぱつ》で押入れを閉め切る。

「ど、どうしたんだ、旦那さん」

押入れを憚《はばか》って、市松が言った。気が気でない風情だ。

「どうもこうもねえぜ、くそったれめ」

綱右衛門は怒っている。

「なんかあったのか」

「あの得体の知れねえ奴らだ。ここが気に入ったらしく、十両で売らねえかとぬかしやがった。安く見積もられたもんだぜ」

「駄目だよ、あんな奴らに売っちゃ」

「当ったりめえだ。ここはおれの城なんだ。人手になんぞ渡してなるものか」

「そうともよ」

押入れでコトッと物音がし、綱右衛門が目をやった。

市松は慌てる。

「またネズ公が出やがった。気にしねえでくれ、旦那さん」

綱右衛門はそれにはなんとも言わず、ズカズカと出て行った。

それを見届け、市松が押入れを細目に開けた。

初糸が感謝の目で一礼する。

「見つかるとこだったぜ」

「今の人は誰？　旦那さんて言ってたわね」

「そうだ、旦那さんの綱右衛門様だ。世間向きにゃおいらのお父っつぁんてことになっている。捨て子だったおいらを拾って育ててくれた人だよ」

「まあ、そんな事情が」

「泊まって行くかい」

「ううん、今日は帰るわ。また来るからその時もよろしくね」

「よくわからねえなあ。追われてる身なのになんでまた来るんだ」

「あ、それはね……」

初糸は言い淀《よど》む。

「ここは土地柄、か弱い女の来る所じゃねえんだ。何されるかわからねえぞ」

「うん、承知している」

初糸は「またね」と言って市松の頭をそっと撫で、すばやく出て行った。

正直なところ、初糸は市松をどう扱ってよいものか、困っていた。

十

夜の洲崎の弁財天《べんざいてん》に、波濤《はとう》が大きなうねりとなって打ちつけていた。

初糸は海沿いの道を足早に歩いて行く。

遠目ながら龍之介の姿が確認できたから、いよいよ仇討《あだうち》が叶うと、身の引き締まる思いがしていた。狙うは龍之介のみである。どうやって討ち果たすか、命懸けで本懐《ほんかい》を遂げねばならない。あるいはその日がおのれの命日になるかも知れないのだ。

道を急ぐ初糸の前に、いきなり二つの影がサッと遮《さえぎ》るように立った。直次郎とお夏だ。

初糸は目を慌てさせながらも、冷静に努めて二人を正視した。

「おれたちとおめえさんは、別々に動きながらもおんなじ道筋を辿っていたようですね。さっき醒井屋のめえを横切ったのはおめえさんだ」

直次郎が言うのへ、とっさになんと答えたらよいものか、初糸は言葉に詰まっている。

吹く汐風が冷たい。

「狙いは百舌龍なんですね、違いますか」

お夏に言われても、初糸は無言でいる。

そこで直次郎は意を決して、

「おめえさんの詮索をするめえに、この際ですから、あっしらの正体を明かしやしょう」

初糸が直次郎とお夏を見た。

「あっしとこのお夏は、実は正真正銘の盗っ人でござんす」

「ええっ」

初糸が驚きの目を剝く。

「天下を騒がせている黒猫って名めえ、どっかで聞いたことはござんせんかい」

初糸はうなずき、

「義賊の黒猫と呼ばれているのは知っております。あなた方がそうなのですか」

「義賊と呼ばれるなちょいとくすぐってえんですが、あっしらは人様を泣かしちゃおりやせん。それだけは信じて頂きてえ」

初糸が無言でうなずく。

「元さむれえのあっしがどうして盗っ人になったのか、そいつぁ今ここで明かすな勘弁して貰いてえ。このお夏だって元は堅気《かたぎ》の娘でござんした。そんな二人が組んで盗み働きをするようになったのにはいろいろとわけがござんすが、そいつぁまたの機会ってことで。ともかく黒猫は悪党を倒して金を奪い取り、弱《よえ》え人たちに施してめえりやした。それはこの先も変わらねえ。初糸さん、天地神明に誓って嘘偽りは申しちゃおりやせんぜ」

「よくわかりました。おまえ様方を信じることに致します」

直次郎とお夏は襟を正すようにし、初糸に揃って頭を下げる。

「で、おめえさんの方の事情ってのをお聞かせ下さいやすか」

直次郎の言葉に、初糸は真摯にうなずき、

「わたくしがしようとしていることは父の仇討なのです」

直次郎とお夏が無言で見交わした。予期したことだった。

もはや逃げられないとでも思ったのか、初糸はそこから少し移動し、材木置場に身を落ち着かせた。

直次郎とお夏がしたがって来て、初糸を見守っている。

初糸が告白を始めた。

「わたくしの生まれ故郷は長門国で、清末藩なる一万石の外様小藩でした。父はそこで中老職を務め、御家の屋台骨を支えていたのです」

「そこへ、なんだって百舌龍が」

直次郎の問いに、初糸は答える。

「八年前のことです。百舌龍こと無宿者の龍之介はその頃、単身で諸国を流浪《るろう》しておりました。物持ちの家に押し入り、悪行《あくぎょう》を重ねるお尋ね者だったのです。どれだけの人が泣かされたか、想像に余りあるものと」

「その龍之介が、御家《おいえ》に災いを?」

直次郎の言葉に、初糸は首肯《しゅこう》し、

「龍之介はある晩当家に押し入り、家人二人を斬り捨て、父に迫りました。わたくしが気づいて刃を交えましたが、とても敵《かな》わず、龍之介は父を斬ったのです。彼奴《きゃっ》は屋敷のなかを探って金品を奪い、逃走を図りました」

「御家の連中はどうしなすった。兇賊に押し入られ、主を斬られてそのままで済むはずはござんせんが。ましてや御中老様だ」

「家中《かちゅう》総出で追跡致しましたが、捕えること叶わず、その場は断念を。やがて日を改めてわたくしは覚悟を決め、母とも相談の末、わたくし一人で仇討旅に出ることに」

二人は口を差し挟まずに聞いている。

「長門国を出て萩を通り抜け、石見、出雲、伯耆、但馬、丹後から若狭へ出たところで二年の歳月を費やしました。その後も果てしなく旅はつづき、艱難辛苦《かんなんしんく》は筆舌《ひつぜつ》に尽くし難いものが……お察し下さいまし」

「それを、たったお一人で?」

お夏が同情を禁じ得ない口調で言う。

「八年の間、様々な国々や人々と交わるなかには、忘れ難いものもございました。知り合うた人の一人から是非倅《せがれ》の嫁にと希《のぞ》まれ、あるいは商いで身を立てぬかと、熱心に言って下さる御方も。それやこれや、いい思いも悪い思いもしつつ、人の情けを受けて旅して参りました。でも父の無念を考えれば、仇討本懐を忘れるわけにはゆきませぬ」

海が荒れてきて、怒濤が轟《とどろ》く。

「やがて七年目にして、龍之介の消息を知るところとなりました。彼奴は江戸に流れ込んで百舌龍となり、さらに研《みが》きをかけて兇賊となっていたのです」

「それからまた、この広い江戸の巷《ちまた》をさまよいなすったんですね」

深い溜息と共に直次郎が言った。

「はい、母から送られてくる金子《きんす》も減ってきて、活計《たつき》を得なければならぬため、寺子屋で師匠となって働いたりもしました。住まいはずっと木賃宿です」

お夏がオズオズとした口調になり、

「あの、失礼なことを伺いますけど、初糸さんを助けて上げようなどという人は現れなかったんですか。つまりいい人といいますか、助っ人ですね」

「いい人ですか」

その時だけ、初糸は微《かす》かな動揺を見せ、

「い、いいえ、そのような人は只《ただ》の一人も。きっとおのこには縁が薄いのですわね」

初糸が束の間見せた微妙な表情の変化を、お夏は見逃さなかった。だがその場では口にせず、心に包み隠す。

「なんだか、寂しいわねえ……仇討ひと筋もいいですけど、それじゃなんのために生まれてきたのか」

「そう言ったもんじゃねえぜ、お夏。人はそれぞれ歩む道が違うんだ。ひと言じゃ片づけられねえよ。そうでがしょう、初糸さん」

初糸は曖昧に微笑《ほほえ》んでおき、すっと表情を引き締めると、

「おまえ様方も、百舌龍を追っていたのですね」

直次郎とお夏が見交わし、

「へい、百舌龍はえびす屋に逗留しておりやす。おめえさんもそれを確かめに洲崎へお出でンなったんですね」

「そうです」

と言い、初糸は二人を交互に見て、

「どうするつもりですか、あの男を」

「只じゃおきやせんよ」

「お上へ突き出すと？」

直次郎は苦《にが》み走った顔に、皮肉な笑みを浮かべ、

「盗っ人が盗っ人をお上へ突き出すなんて、聞いたことも。おめえさんさえよかったら助っ人しますぜ。百舌龍は滅ぼさなきゃならねえと思ってやすんで」

「初糸さん、あたしもおなじ思いです。仇討の手助けを」

お夏が言い添える。

「いいえ、それはよくありませぬ。人を巻き込むつもりはないのです」

なみなみならぬ決意の顔で言い、初糸は二人に頭を下げて身をひるがえした。


黒江町へ帰る道すがら、お夏が言った。

「あの人、きっと誰かいるわよ」

「なんのこった」

「いい人はいないのかってあたしが聞いた時に、初糸さんは少しうろたえていた。あれはきっと心に秘めた人がいるのよ」

「信じられねえなあ、だっておめえ、仇討ひと筋できたんだぜ。そんな心の余裕があるものかよ」

「あるのよ、それが。そういうことのひとつでもないと、女は独りでは生きてゆけないものだわ」

「カハッ、偉そうに。わかったようなことぬかすんじゃねえってんだ」

「朴念仁にはわからないわよ」

「またそれかよ」

「長屋に帰って一杯飲もう。あんた、昼間兄さんからお酒買ったでしょ」

「なんで知ってるんだ」

「店子《たなこ》のことはお見通しなのよ、何もかも。あたしは大家なんですからね。肴《さかな》は沢庵《たくあん》よ」

「ケッ、ちゃっかりしてやがる。ヤな大家だぜ、まったく」

十一

夜の静寂を破って、くぐもったような男泣きの声が聞こえてきた。

それを聞きつけ、お滝はすっと席を立って部屋を出ると、半兵衛の居室へ向かった。

仙台堀の半兵衛の家だ。

「おまえさん……」

　お滝が声を掛けると、半兵衛は少し慌てて酒を呷《あお》った。顔を隠すようにしている。

「なんでえ」

「どうしたのさ、何かあったのかえ」

「何もありゃしねえ、しんぺえいらねえよ」

「そうは思えないよ。ふだんのおまえさんと違うじゃないか」

「いいから向こうへ行っててくれ、先に寝ていいぜ」

　だがお滝はそのまま居座り、断らずに半兵衛の酒を飲んで、

「おおよその見当はつくよ」

「なんだと」

「伜《せがれ》さんのことだろ」

「…………」

「生きていたんだね」

「…………」

「今さら親子の名乗りをしたいってか。あちらさんも嫌がるんじゃないのかえ。迷惑かも知れない」

「おめえに何がわかるんだ」

「おまえさんとは長いつき合いだからね、大抵のことはお見通しさね」

お滝はふっと笑い、

「置神の半兵衛にもこんな弱みがあったんだねえ」

「畜生、やかましいや」

言うそばから半兵衛は嗚咽《おえつ》がこみ上げ、手拭《てぬぐ》いで目頭を拭った。

お滝はそれを黙って見ている。

やがて半兵衛は泪《なみだ》が涸《か》れると、

「……いい奴だった」

「おまえさんにそっくりなんだ」

「茶化すんじゃねえ」

「ふン」

「気性がまっつぐで、邪《よこしま》なものは何もなかった。おれぁその頃盗っ人として一家を束ねていたが、伜にその姿は見せられねえから、覚《さと》られめえと苦労したものよ」

「わかったよ、おまえさん。どっかでその時の伜さんに勘づかれちまったんだね。見せちゃならないものを、見られちまった」

「そうなんだ」

半兵衛はがっくり肩を落とし、

「それもよりによって人を手に掛けるところをな。どうにも許せねえ奴がいて、その野郎を叩っ斬った。それを伜が見ていた」

「どうしたんだえ、伜さんは」

「消えちまったよ、おれのめえからふいっとな。それっきりなんだ。もう十何年も昔の話だぜ」

「伜さんに愛想をつかされたってことかえ」

「おれもそう思っていたが、どうもそうじゃなさそうなんだ」

「どういうことなのさ」

「そいつを言わせるのか、おれぁ言いたくねえぜ」

お滝は押し黙る。

「この目でよ、今のあいつを見てきたんだ。とんでもねえ野郎になっていやがったのさ」

「まさかおまえさん、伜さんもおなじ道に」

「…………」

「そうなんだね、はっきりお言いよ」

お滝の追及はやまない。

半兵衛は力なくうなずき、

「そうだ、その通りだよ。あいつは百舌龍ってえ盗っ人に成り下がっていたんだ」

「ええっ」

「こいつぁな、おれの身から出た錆《さび》みてえなもんよ。奴をのさばらしといちゃならねえ。おれのこの手で始末をつけねえとな」

「およしよ、おまえさん。百舌龍に勝てるわけがない。返り討ちに遭っておしまいさね」

「刺し違えたっていいのさ。不出来な伜の始末は、このくそ親父がつけなくちゃならねえんだ」

「後生だよ、おまえさん。あたしゃおまえさんをなくしたくないよ」

半兵衛はお滝に背を向け、それっきり岩のように黙りこくった。

十二

　昼前のえびす屋の一室で、龍之介が弥十郎と三人の手下を集めて密談を交わしていた。

「ツキがあったぜ、このおれによ。目の前に大金が転がっていやがった。これを逃す手はねえ」

　弥十郎が苦笑を浮かべながら、

「まあまあ、お頭《かしら》。物事順を追って話して下せえやし。どこに大金があるってんですね」

「深川櫓下《やぐらした》の桔梗屋《ききょうや》なる女郎屋に、もう半月も長逗留している客がいる。大坂《おおさか》の浪花屋《なにわや》ってえ絹商人なんだが、若え女郎に惚れ込んじまって、商いをほったらかして入れ揚げているのさ。そいつが絹の買い付けの金二百五十両を持ってるっていうんだ。それを持って上州《じょうしゅう》へ買い付けに行くつもりらしい。このおれ様が耳にした上は行かすものかよ」

「それは誰からお聞きンなったんで?」

「たまたまな、おれが桔梗屋に上がって可愛がってやった女郎から聞いたのよ。浪花屋はそれだけの大金を持ってるってことを吹聴してるんだ。どうだ、間違いのねえ話だろ」

「浪花屋の面《つら》は拝んだんですかい」

弥十郎の問いに、龍之介は答える。

「よぼよぼのくそ爺《じじ》いよ。ぶった斬って二百五十両を奪い取る。文句はあるめえ」

「待って下せえ、お頭。あっしらがなんでこんな深川の外《はず》れに隠れているか、わかってやすよね」

「ああ、知らいでか。町方と火盗《かとう》の両方の詮議が厳しくなって、手も足も出なくなった。それでここで息を殺してるんじゃねえか」

善助、正吉、金六が見交わし合い、揃ってもの言いたげな様子を見せた。

龍之介は三人をぎらついた目で見廻し、

「どうした、臆《おく》してんのか。今さら抜けさしてくれとは言わさねえぞ。籠《かご》の鳥の女郎とおんなじでおめえらに自由はねえ。もっとも色気のねえ売れねえ女郎だろうがな」

悪い冗談を言って一人悦《えつ》に入る。

「いいや、その逆でがすよ」

善助がいっぱしの悪党ぶって、

「お頭の方からそういう話が出るのを、首を長くして待っていたんでさ」

次いで正吉も言う。

「二百五十両は目も眩《くら》む金じゃねえですか。国に錦《にしき》を飾りてえんですよ。是非ともやらして下せえやし」

「おめえの在所は上州だったな、正吉」

「へえ、ふた親ともまだ元気でして」

「金六、おめえはどうなんだ」

龍之介に迫られ、金六は緊張して、

「もちろんやりますぜ。あっしが先頭に立ってそのくそ爺いに引導を渡してやりますよ」

「よし、そうこなくっちゃいけねえ」

龍之介が安堵し、弥十郎を見て、

「おい、弥十郎、善は急げだ。今宵桔梗屋に押し入るぜ、いいな」

「わかりやした」

それで五人はバタバタと支度をして席を立ち、えびす屋を出ることになった。手順として、まず桔梗屋とその周辺の様子を探りに行くのだ。

龍之介、弥十郎が先に消え去り、その後から善助、正吉、金六はえびす屋を出て行きかけた。するとえびす屋の前に大八車が停まっていて、それに金六が気づいた。そのことを誰にも言わず、善助らに先に行ってくれと言っておき、えびす屋の裏手に廻った。

そこへ市松が青褪《あおざ》めた顔で勝手から出て来た。金六を見てギョッとなって歩を止める。

「おめえ、いつからここにいる」

疑わしい顔で金六は言う。

「ついさっきだ、醒井屋から酒樽を持って来た。いつものことじゃねえか。それがどうした」

「何か聞いたのか」

市松は狼狽し、一瞬目を泳がせて、

「なんのことだ、何も聞いちゃいねえぜ」

「ちょっと来い」

金六が市松の腕をねじって連れて行こうとした。

それを見たお徳婆さんがえびす屋から飛び出して来て、市松を庇《かば》って止めに入った。

「こんな頑是《がんぜ》ない子に何するんだい、旦那さんに言いつけるよ」

「うるせえな、こいつに話があるんだ」

金六がお徳を払いのけ、強引に市松を抱え込んだ。

そこへお種とお君がやって来て、騒いだ。

「市松ちゃんを放して」

お種が言えば、お君も抗議して、

「市松ちゃんが何をしたってえの」

女三人に睨まれ、金六は旗色が悪くなって舌打ちし、その場は立ち去った。

「どうしたの、市松ちゃん」

お種が身を屈《かが》めて聞いた。

「なんでもねえよ、あいつの思い過ごしだ」

素っ気なく言って、逃げるように姿を消した。胸の動悸を鎮めようと、市松は歩いて歩いて、歩き廻った。

道端で近所の者と話していた綱右衛門が、声を掛けた。

「どこ行く、市松」

「あっ、旦那さん、大変なんだ」

「どうした、言ってみろ」

言いかける市松は迷いが生じ、言葉を呑んだ。

綱右衛門に明かしても、事態はよくならないと思った。騒ぎ立てるだけか、聞かなかったことにしろとでも言いそうだ。以前にも足抜けの女郎がえびす屋に逃げ込んで来た時、綱右衛門は関わりを怖れて女郎屋に連れ戻したほどだ。表向きの威勢のよさとは裏腹に、世間体を気にする男なのだ。

「な、なんでもねえ、忘れてくれ」

そう言い捨て、市松は消え去った。

龍之介らの悪企みを耳にして、誰がまともに聞いてくれるかと思案に詰まった。しかしこれだけはなんとかしないと大変なことになる。桔梗屋に居つづけている罪のない旅の商人が殺され、大金を奪われるのだ。

だがいざこうなってみると、市松には頼りになる強い味方がいないことがわかった。

「くそっ、どうしたらいいんだ」

頭を掻きむしるほどに悩みに悩み、醒井屋の離れへ帰り着いた。そこで思案をめぐらせていると、押入れで物音がした。

ハッとなった市松が唐紙を開けると、そこに初糸が身を潜めていた。

「あっ、お姐ちゃん」

「あんた、何があったの」

「いや、そのう……」

初糸は市松の様子を訝り、

「尋常じゃないわね、わたしは味方のつもりなのよ。どんなことがあったのか教えて」

味方と言われて、市松は地獄で仏に会ったような気になった。

十三

「こんな時になんで赤飯なんだよ」

直次郎がお夏から渡された茶碗を見て、目を剝いた。湯気の立った赤飯が盛ってある。

阿弥陀長屋のお夏の家だ。

お夏は自分の茶碗にも赤飯を盛っていて、

「いい、直さん、敵は尋常ならざる相手なのよ。もしかしたら今宵《こよい》が今生《こんじょう》の訣《わか》れになるかも知れない。うまくいったらそれならそれでいいけど、駄目な時は悔いが残るわ。だから赤飯でお別れしておくの」

「聞いたことねえぜ、赤飯を食うとしたらめでてえ祝いの席じゃねえか。こういう時はおめえ、別れの盃だろうが」

「お酒を飲んで別れるのなんて嫌なの。これはあたし流だと思って、さあ、食べて頂戴」

「よ、よくわからねえなあ……」

「いいから」

二人して箸を付けようとしたその時、油障子が開いて、初糸が市松の手を引いて慌ただしく入って来た。

「直次郎殿、お夏さんいますか」

二人が茶碗を置いて見迎える。

初糸は市松と並んで座すと、

「たった今、この子が大変なことを聞いてきたのです」

「おう、坊ズ、どんなこった」

直次郎の問いに、市松が答える。

「えびす屋に逗留している五人の男は盗っ人だったんだ。今晩、押し込みをやるらしいのさ」

直次郎とお夏が驚きで見交わし、

「どこに押し込むんだ」

直次郎が答えを急いだ。

「櫓下の女郎屋桔梗屋に、大坂から来た浪花屋ってえ商人が二百五十両の大金を持っていて、五人はその金を狙って押し込む相談をしていたぜ」

直次郎は勇躍する。

「おめえ、よくぞそんな話を。大手柄じゃねえか」

「役人に知らせた方がよかねえか」

「いやいや、そいつぁいけねえ。役人はマズいんだ。おれたちで片《かた》をつけるとすらあ」

「五人を相手にできるのか。怪我しても知らねえぞ」

市松が案ずる。

「でえ丈夫、おれがなんとかする」

「あたしも手伝うわ」

そう言うお夏の口を、初糸は封じて、

「いいえ、これはわたくしが。千載一遇《せんざいいちぐう》の好機、逃すわけには参りませぬ。手出し無用に願います」

「だったらなんでここへ知らせに来たんだ」

「わたくしは反対したのですが、この市松がおまえ様方に知らせたいと申したのです」

「よっ、いいとこあるじゃねえか、坊ズ」

「おいら、なんとなくお二人さんが好きなんだ。きっと弱いもんの味方をしてくれると思っていたぜ」

「それは間違ってないわよ」

お夏が市松の頭を撫でる。

「初糸さん、もはや引っ込みはつかねえ。手を組んでやりやしょうぜ」

直次郎に言われ、初糸は暫《しば》し迷っていたものの、やがて決意の目を上げた。

駆けつけた直次郎が半兵衛の家の前で迷ってうろついていると、なかから半兵衛が出て来た。どこかへ出掛けるところらしい。

「おっ、こりゃ直次郎さん、どうしなすったね」

「ちょいとつき合って下せえ」

直次郎が言って半兵衛を河岸の方へ連れて行き、そこで百舌龍一味の押し込みの件を明かした。

「桔梗屋ならおれは知ってるぜ、亭主は古馴染みだ」

「なら話は早えや。親方の口から楼主に話してくれやせんか。非道を重ねてきた一味のこった、何をするかわかったもんじゃねえ。皆殺しにでもされちゃ一大事だ」

「…………」

半兵衛は黙って考え込んでいる。

「親方」

直次郎に急《せ》かされ、半兵衛が顔を上げた。

「わかった、どうするつもりだ」

「今ならまだ間に合います」

直次郎が半兵衛の耳に何やら囁いた。

「おう、そいつぁいい。無駄な血を流さなくて済むぜ」

「お願えしやす」

言い置き、直次郎は立ち去った。

その場に佇む半兵衛の顔色は蒼白だ。

（いつかこんな日がくるんじゃねえかと思っちゃいたんだ。いよいよだな、いよいよ決着をつけてやるぜ）

十四

女郎屋の並ぶ櫓下でも、桔梗屋は外れにあった。

他の見世《みせ》ではたそがれ迫る今は早くも紅燈《こうとう》が灯され、遣手婆《やりてばば》や男衆《おとこし》が夜の支度に余念がない。

だがその日の桔梗屋は違った。

女郎のざわめきもなく、家のなかにうすぼんやりとした灯はあるものの、存在を消しているとしか思えず、しんとして人の気配がまったくないのだ。

四方から集まって来た龍之介、弥十郎、善助、正吉、金六ら五人は怪訝に見世を見上げて、

「おい、なんかおかしいぞ。見てこい」

龍之介に言われ、金六がうなずいて格子戸をそろりと開け、なかへ入って行った。

「よっ、誰もいねえのかい、やけに静かじゃねえか。こんなんで商売っ気はあるのかよ」

その声を最後に、金六の気配は消えた。

「お頭、ちょいと見てきまさ」

善助が言い、正吉と連れ立って入って行った。

だが二人もそれっきりで、なんの音沙汰もない。

「お頭、妙でさ」

不審を露にして弥十郎が言った。

「どうなってるんだ、胸が騒ぐじゃねえか」

「やめときやすかい、今宵は引き揚げた方がよさそうだ」

「こんなんでやめてどうするんだ、弥十郎。おれはやると決めたんだ。ついて来やがれ」

「いや、しかし気味が悪いですぜ」

「いいから来い」

龍之介に引っ張られ、弥十郎が渋々したがった。

家のなかはうす明りだけで、やはり人の気配はない。

二人が警戒の目で廊下を奥へ進むと、一室から明りが漏れていた。

龍之介がパッと唐紙を開け放った。

十帖余のそこに立っていたのは、初糸であった。小袖姿に襷掛《たすきが》けをし、小太刀を手にしている。

「おめえは……」

弥十郎が唸《うな》った。

「誰でえ、この女は」

「へ、へえ」

「わたしの顔を見忘れたようですね」

初糸がまっすぐに龍之介を見て言った。

「なんだと」

龍之介は繁々《しげしげ》と初糸を凝視するが、すぐにはわからないようだ。

「おれはおめえを知らねえ、誰かと間違えてるんじゃねえのか」

「七年前の高野山《こうやさん》ですよ」

「高野山……」

　龍之介の表情が醜く歪んだ。どす黒い過去の思いが突き上げてくる。目も眩《くら》むような感情に吐き気さえ覚える。

「何を言ってるんだ、おめえは」

「長門国清末藩なる外様小藩にて、わたくしの父はそこで中老を務めておりました。そこへ無頼のおまえが押し入って来た。思い出しましたか」

「ううっ……」

　龍之介は唸るだけで何も言わない。

「わたくしは父の仇《かたき》のおまえを追って旅をつづけ、遂に江戸でおまえを見つけました。その間、おまえは何人の人の命を奪ったか、人の皮を被ったこのけだものが」

　口を差し挟めず、弥十郎は黙したままで成り行きを見守っている。

「旅の途次でわたくしは高野山へ立ち寄り、そこで図らずもおまえに遭遇した。おまえは高野山に弟子僧となって、潜《もぐ》り込んでいたのです」

　龍之介の頬に、開き直ったようなふてぶてしい笑みが浮かんだ。

「よっく思い出したぜ。あの時おれぁ追手の目を眩《くら》ますために偽りの出家をした。そこに現れたおめえはしおらしく旅行脚《あんぎゃ》を装っていたな。おめえに誘い出されても長門国のあの女だとは思わなかった。ところがおめえは閨《ねや》にへえると、突然おれに白刃を向けてきやがった。あの時は驚いたのなんの」

初糸は烈しく感情を昂《たかぶ》らせ、

「おまえというけだものは、あろうことかこのわたくしを嬲《なぶ》り物にしたのです。この人でなし」

初糸が憤怒で声を震わせ、小太刀を抜き放った。

龍之介も長脇差の鯉口《こいぐち》を切って後ずさる。

「お頭、どうしやすね、叩っ斬ってもよろしいですかい」

「いいや、それにゃ及ばねえ。こいつの片《かた》はおれがつけてやる。おめえはほかを見てこい」

「わかりやした」

弥十郎が出て行った。


灯のついた別室を怪しみ、弥十郎は油断なく押し入って驚きの目を剝いた。

善助、正吉、金六が後ろ手に縛られ、猿轡《さるぐつわ》を嚙まされて転がっていた。それぞれの顔に殴打された痕がある。

三人の背後に直次郎とお夏が立っていた。

「うぬっ、てめえらは」

弥十郎が怒りの目になった。

「もう逃げられねえぞ、観念しろ」

言いながら、直次郎が長脇差を抜いた。お夏も帯の間から匕首を引き抜く。

「くそっ」

弥十郎が牙を剝いて突進して来た。

直次郎の白刃と激突する。

背後に廻ったお夏が匕首で手出しをし、弥十郎が苛《いら》つく。

直次郎が勇を鼓して踏み込み、烈しい勢いで弥十郎の長脇差を叩き落とした。

「うぐっ」

呻く弥十郎の肩先に、強《したた》かに峰打ちが食らわされた。

声もなく崩れ伏す弥十郎にお夏が飛びかかり、用意の縄を打った。

「き、貴様ら……」

血走った目で言う弥十郎に、直次郎が吐き捨てるように言った。

「おめえも龍之介同様に極刑は免《まぬが》れねえぞ」

龍之介は初糸に向かい、急に猫なで声になると、

「おめえにゃ苦労をかけて悪かったなあ。けどあんまり急だったもんで、正直まごついちまったぜ。どうするんだ、本当に父親の仇討をするってか」

「如何にも、そこへ直れ」

「直ったらばっさりかい」

「積年の怨み、晴らさいでか」

「ここはどうでえ、じっくりと話し合わねえかい。仇討はそれからでもいいじゃねえか。おめえと旧交を温めてえのさ」

長脇差を腰から抜いて、鞘ごと放り投げ、

「もう裏切らねえから安心しな」

「おまえと話すことなどない」

「そう言うなよ、おれぁ今懐かしさがこみ上げてきてるんだ。思い出したぜ、おめえの白い肌。頭のてっぺんから足の爪先まで、おめえは女なんだ。もっとおのれに正直になったらどうなんだ」

「ほざくな」

抜き身を持ったまま、初糸が近づいた。

「覚悟致せ」

いきなり龍之介が初糸の隙を狙って足を払った。不意を食らって初糸が仆《たお》れる。小太刀も転がる。すかさず龍之介が初糸を捉え、のしかかった。

「もう一遍、おれの女になりな」

「放せ」

初糸がもがき、暴れる。

龍之介はそれを乱暴に取り押さえ、

「こざかしいくそ阿魔《あま》が、このおれ様に仇討なんぞと笑わせるぜ。百年早えってんだよ」

片腕で初糸の首を絞めておき、残る一方の手で初糸の着物の前をまさぐった。下腹部をちらっと見た龍之介が声を呑んだ。

初糸の腿《もも》に、弥十郎から聞いた通りの女郎蜘蛛《じょろうぐも》の彫物があったのだ。

「こ、こいつぁ……」

苦しい息の下から初糸が言う。

「わたくしを連れてさまようひと月の間、おまえは無理矢理彫物を彫らせた。そのことを愉しんでもいた」

往時の出来事が、龍之介の脳裡にまざまざと蘇《よみがえ》った。旅先で初糸を味わい尽くし、そのことに没頭するうちに龍之介は初糸の躰に彫物を彫らせた。一生おのれの女にするための刻印のつもりだった。だがそれは龍之介の一時の激情に過ぎず、気まぐれでもあり、波が引くとあっさり女体に飽きがきて、龍之介は初糸を捨て、次なる天地をめざしたのだ。

「おめえの顔は忘れていたが、この彫物のことは憶えてるぜ。そうか、あの時の女だったのかい」

「人を踏みにじって、よくもそんな」

初糸が暴れ、それを押さえつけるうちに龍之介は欲望が湧いてきた。

二人が無言で争う。

「うぐっ」

龍之介が叫んだ。

初糸が転がった小太刀を手に取り、下から龍之介を刺したのだ。

「てめえ、ぶっ殺してやる」

もがきながら初糸の首を絞める龍之介が、不意にくぐもった声を上げた。

静かに近寄った半兵衛が、匕首で龍之介の背を刺したのだ。

ギラッと振り返る龍之介が、半兵衛を見て奇異な目になった。

「お、おめえは……」

「おめえの父親だよ、龍之介。出来の悪い伜の後始末に来たんだ。これ以上人様を泣かせるんじゃねえ」

半兵衛がもうひと突きした。

龍之介は激痛に転げ廻る。

そこでようやく龍之介は初糸から離れ、畳の上で全身を血まみれにして苦しみもがく。

直次郎とお夏が入って来て、その凄惨な現場に息を呑んだ。

お夏が龍之介に近づこうとするのを、直次郎が止めた。成り行きを見守ろうという目になっている。

すると奇妙なことが起こった。

初糸が這って龍之介に寄り、その躰に愛《いと》おしいように抱きついたのだ。

初糸は龍之介の耳に囁く。

「逢いたかった、おまえに逢いたかった。どれだけ憎んでも憎みきれない。なのに夢のなかのおまえはいつもやさしく微笑んでくれたわ。わたしの愛しい人、今生の訣れよ」

龍之介は何も言わぬまま、絶命した。

初糸は静かに立ち上がり、三人を見廻し、謎めいた笑みを浮かべた。

「わかって下さいとは申しませぬ。でもこれが偽らざるわたしの気持ちなのです。仇なのに佳《よ》き人でもありました」

哀切漂わせ、初糸は言った。

十五

「御用、御用だ」

御用提灯《ちようちん》が群れをなし、追跡していた。

屋根から屋根を身軽に跳び、黒猫になった直次郎とお夏が逃走している。

屋根上で二人が話す。

「うまくいったわね、今宵も」

お夏が言うと、直次郎は得たりとなって、

「おれたちが捕まるわけねえだろうが。そうなったらこの世も終わりだぜ」

「大きかったわよ、今日の稼ぎは」

「いいんだよ、相手は悪徳商人なんだから。三百両も盗られて、今頃は真っ青になってるんじゃねえのか、ざまあみろってんだ」

捕方《とりかた》をまき、二人は路地に着地すると、そこで表裏一体になった着物に手早く着替え、何食わぬ顔で歩きだした。

ひっそりとした夜道に、屋台の燗酒屋《かんざけや》が店を出していた。

そこに落ち着くなり、親父に燗酒を頼み、お夏がぼそりと言う。

「どうしても解せないのよ、あたし」

「あのことだろ」

「そう、あのこと」

「ああいうことはひとえにその人の胸の内だからな、おれにだってよくわからねえ。憎むそばから龍之介をひたすら慕ってたってことだろ。複雑だよな、女心は」

「初糸さんの胸の内から、龍之介への思いは消え去るのかしら。そんな複雑な気持ちを抱いたままで国表へ帰れるの」

「そこだよ、女ってなしぶといからな、事が終わればすんなり忘れるんじゃねえのかな」

「だといいけど」

「それよりおれが気になってるな親方の方だぜ。自分の伜を手に掛けて、どんなに苦しい思いをしたか知れやしねえ。百舌龍が伜だってこと、いつ気づいたのかな」

「それも親方の胸の内のことだから、あたしたちにはわからないわ。でもそのことをずっと背中に背負って生きてくしかないんだわ」

「つれえなあ」

「浮世を生きてくってことは辛いのよ。若殿のあんたにわかるかしら」

「わかるさ、おれぁ苦労人なんだからな」

「どこが苦労人なのよ、言ってみなさいよ」

直次郎がそわそわとして、

「いや、急に言われても。まっ、いろいろあったけどみんな忘れて、明日も元気に頑張ろうぜ」

「何それ。答えになってない」

燗酒が出て、二人はうまそうに飲む。

「ああっ、おいしい。五臓六腑《ごぞうろっぷ》に染み渡るわねえ」

「まったくだ、生きててよかったぜ」

「明日も生きようね、直さん」

「勿《もち》の論《ろん》だよ、生きていりゃこそ花も咲くんだ」

　お夏がくすくす笑って、

「どっかでズレるのね、あんた。そのぎくしゃくが直さんらしいわ」

「そうかなあ」

「そうよ、さっ、飲んで飲んで」

　近くから捕方の殺到する音が聞こえても、二人は知らん顔で盃を傾けている。

時代小説

二見時代小説文庫

女郎蜘蛛《じょろうぐも》 怪盗《かいとう》 黒猫《くろねこ》3

二〇二一年 九 月二十五日　初版発行

著者　和久田正明《わくだまさあき》

発行所　株式会社 二見書房
〒一〇一-八四〇五
東京都千代田区神田三崎町二-一八-一一
電話　〇三-三五一五-二三一一［営業］
　　　〇三-三五一五-二三一三［編集］
振替　〇〇一七〇-四-二六三九

印刷　株式会社 堀内印刷所
製本　株式会社 村上製本所

落丁・乱丁本はお取り替えいたします。定価は、カバーに表示してあります。

ISBN978-4-576-21078-0
https://www.futami.co.jp/

和久田正明

地獄耳 シリーズ

①奥祐筆秘聞
②金座の紅《べに》
③隠密秘録
④お耳狩り
⑤御金蔵破り

飛脚屋に居候し、十返舎一九の弟子を名乗る男、実は奥祐筆組頭・烏丸菊次郎の世を忍ぶ仮の姿だった。情報こそ最強の武器！ 地獄耳たちが悪党らを暴く！

二見時代小説文庫

麻倉一矢

剣客大名 柳生俊平

シリーズ

以下続刊

① 剣客大名 柳生俊平《としひら》 将軍の影目付
② 赤鬚の乱
③ 海賊大名
④ 女弁慶
⑤ 象《ぞう》耳《みみ》公方
⑥ 御前試合
⑦ 将軍の秘《ひ》姫《め》
⑧ 抜け荷大名
⑨ 黄金の市
⑩ 御《ご》三卿《さんきょう》の乱
⑪ 尾張の虎
⑫ 百万石の賭け
⑬ 陰富大名
⑭ 琉球の舞姫
⑮ 愉悦の大橋
⑯ 龍王の譜
⑰ カピタンの銃
⑱ 浮世絵の女

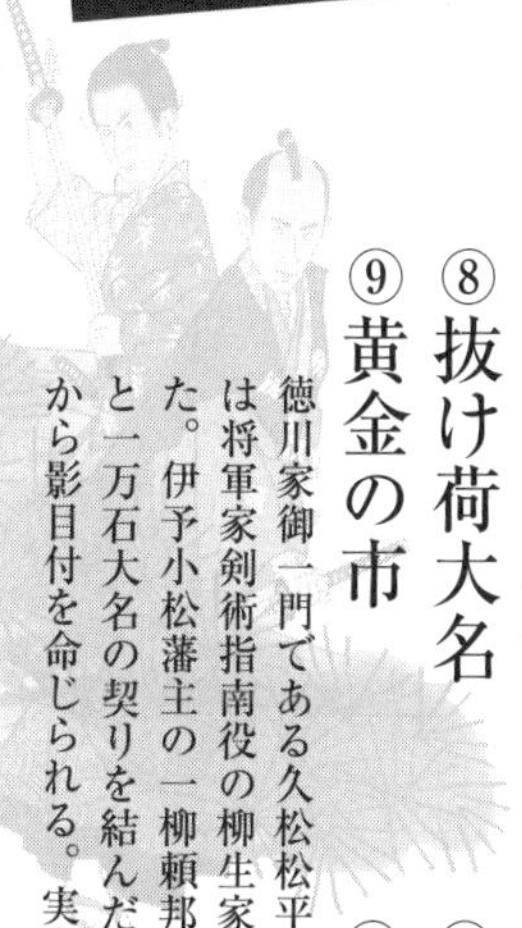

徳川家御一門である久松松平家の越後高田藩主の十一男は将軍家剣術指南役の柳生家一万石の第六代藩主となった。伊予小松藩主の一柳頼邦、筑後三池藩主の立花貫長と一万石大名の契りを結んだ柳生俊平は、八代将軍吉宗から影目付を命じられる。実在の大名の痛快な物語！

二見時代小説文庫

早見俊

椿平九郎 留守居秘録

シリーズ

以下続刊

① 椿平九郎 留守居秘録 逆転！評定所
② 成敗！黄金《きん》の大黒
③ 陰謀！無礼討ち

出羽横手藩十万石の大内山城守盛義は、江戸藩邸から野駆けに出た向島の百姓家できりたんぽ鍋を味わっていた。鍋を作っているのは、馬廻りの一人、椿平九郎義正、二十七歳。そこへ、浅草の見世物小屋に運ばれる途中の虎が逃げ出し、飛び込んできた。平九郎は獰猛な虎に秘剣朧月《おぼろづき》をもって立ち向かい、さらに十人程の野盗らが襲ってくるのを撃退。これが家老の耳に入り……。

二見時代小説文庫

藤 水名子

古来稀なる大目付

シリーズ

以下続刊

① 古来稀《まれ》なる大目付　まむしの末裔

② 偽りの貌

③ たわけ大名

「大目付になれ」——将軍吉宗の突然の下命に、一瞬声を失う松波三郎兵衛正春だった。蝮《まむし》と綽名された戦国の梟雄・斎藤道三の末裔といわれるが、見た目は若くもすでに古稀を過ぎた身である。しかも吉宗は本気で職務を全うしろと。「悪くはないな」——冥土まであと何里の今、三郎兵衛が性根を据え最後の勤めとばかり、大名たちの不正に立ち向かっていく。痛快時代小説の開幕！

藤木桂

本丸 目付部屋

シリーズ

以下続刊

① 本丸 目付部屋 権威に媚びぬ十人
② 江戸城炎上
③ 老中の矜持《きょうじ》
④ 遠国《おんごく》御用
⑤ 建白書
⑥ 新任目付
⑦ 武家の相続
⑧ 幕臣の監察
⑨ 千石の誇り

大名の行列と旗本の一行がお城近くで鉢合わせ、旗本方の中間《ちゅうげん》がけがをしたのだが、手早い目付の差配で、事件は一件落着かと思われた。ところが、目付の出しゃばりととらえた大目付の、まだ年若い大名に対する逆恨みの仕打ちに目付筆頭の妹尾十左衛門は異を唱える。さらに大目付のいかがわしい秘密が見えてきて……。正義を貫く目付十人の清々《すがすが》しい活躍！